石田三成の青春

松本匡代
matsumoto masayo

SUNRISE

石田三成の青春

松本匡代

石田三成の青春

目次

第一章

美しい誤解

——出会いの三献茶

（一）

周りの山が若い緑に覆《おお》われている。秋の紅葉が木ごとに、いや枝ごとにその異なる色で周りの景色を染め分けるように、春の若葉の黄緑色もまた、一様《いちよう》ではない。しかし、里から眺める山の色は、調和がとれて柔らかく若葉一色と言い表せる。そしてそれは、見る人の目を和《なご》ませ、気持ちを明るく浮き立たせてくれるようだ。

近江国《おうみのくに》は坂田郡大原庄《おおはらのしょう》。伊富貴山観音護国寺《いぶきやまかんのんごこくじ》（通称・観音寺）の庫裏《くり》の一角、経机《きょうづくえ》の前に端座《たんざ》して書見《しょけん》をしている少年が、自分のそばで、手枕《たまくら》で寝転んで外を眺めている、もう一人の少年に、あきれた様子で声をかけた。

「紀之介《きのすけ》殿、お師匠《ししょう》様が留守中、書見をしておれと言われたではないか」

時は天正《てんしょう》二年初夏四月、真夏を思わせるような日差しもようやく西に傾きかけた七つ過ぎ。

書見をしている少年は、大原庄から山一つ越えた石田村を治める地侍《じざむらい》・石田藤《いしだとう》左衛門正継《ざえもんまさつぐ》の三男佐吉《さきち》、十五歳。そしてもう一人、佐吉のそばで和尚《おしょう》に言いつけられた書見もせずに寝転んでいるのは、大谷紀之介、十六歳だ。

　佐吉は、二年前の元亀《げんき》三年、長兄《ちょうけい》を病《やまい》で亡くしていた。

　ようやく庭の雪も消え、桜のつぼみが綻《ほころ》びかけた頃のこと。病弱だった長兄は、風邪《かぜ》をこじらせ亡くなった。

　長兄が風邪をひいて寝込む前に、佐吉が鼻をぐすぐすいわせていた。

「佐吉、風邪か、おとなしくして早く治せ。兄上に伝染《うつ》さないようにしろよ」

　いつものとおりの家人《かじん》の言葉を、いつものとおりに聞いてやすみ、いつものとおり、次の日にはもう元気になっていた。

　そして数日後、長兄が熱を出し、一月《ひとつき》ほど寝込んで、あっけなく逝《い》ってしまった。

　佐吉の風邪が伝染ったかどうかはわからない。たとえそうであったとしても、佐吉には何の罪もない。けれども佐吉は、

「私のせいだ」

　自分を責めた。

　以前は、思慮深く乱暴な遊びこそしなかったけれど、子供らしい明るく元気な三男坊だった。それが長兄が亡くなって以来、部屋の隅にひとり哀《かな》しい目をしてぽつ

んといて、ほとんど言葉を発することもなくなった。

最初のうち、父親の正継は、

「兄の死をにわかに受け入れられぬのであろう。そっと見守っていてやれば、子供のことだ。やがて、もとの元気な佐吉に戻ってくれよう」

今は嫡男《ちゃくなん》となった次男正澄《まさずみ》と話していた。

二人とも、この頃はまだ、佐吉が長兄の死を、自分のせいだと考え、自分を責めていることには気づいてはいなかったようだ。

けれども、半年経ち、一年が過ぎても、佐吉の様子に変化はなかった。

そっと見守る。

きれいな言葉だ。しかし実際は、何もしていない。放っておいただけだった。

といって、誰が父を、兄を、責められようか。村の事、家の事で忙しかったから、それ以上に、領主浅井《あざい》家と尾張《おわり》の織田《おだ》家が戦いの最中なのだ。いつ石田の家にも動員の沙汰《さた》が下るかわからない。だから……。

いや違う。

むしろその忙しさは彼らにとって幸いだったはずだ。忙しさは一時《いっとき》、悲しさや寂しさを忘れさせてくれる。しかし、それは一時の事。彼らもまた、息子を、兄を、亡くした哀しみの中にいたのだ。

一年が過ぎても変わらぬ三男に、正継はいらだった。いやそのいらだちは、何もしてやることのできない自分自身に対してだったのかもしれない。

「いつまでも、そんなことでどうする」

声を荒げることもしばしばになった。時には手を上げることもあった。

そんな時は決まって、正澄が間に入った。十八歳になった新しい嫡男は、弟に振り下ろされようとする父の手をつかみ、正面から父の顔を見つめ、無言で首を横に振る。

正継も一瞬怒気《どき》を含んだ目で正澄を見返すが、その後止められてほっとしたように視線を外し、その場から消えた。

佐吉は無表情のまま、その場にたたずみ続けている。

「佐吉……」

弟を何とも言えぬ表情で見つめながら、正澄もまた、なす術《すべ》もなくたたずむだけだった。

正継も正澄も、この頃になってようやく、佐吉が長兄の死を自分のせいだと考えていることに気がついたようだ。

「お前のせいではない」

何度言っても佐吉は慰められなかった。

そんな時、石田村の東へ山一つ越えた大原庄にある寺、観音寺の住職が所用のついでに石田家に立ち寄った。教養が深く人望があり近在の村人から尊敬されている住職と、正継は日頃から親しくしていた。正継は、住職に佐吉の様子を見せ事情を話して、どうしたものか相談した。住職は、

「寺に通わせてはどうか」

と言ってくれた。

「違った場所で過ごさせるがよいかもしれぬ。学問好きの賢い子のようじゃ。寺に通い学問などして日を過ごせば、気もまぎれるであろう」

「かたじけない。それは願ってもないこと。どうせなら通いより、お預けいたした方が……落ち着いて過ごせるのではござるまいか」

十四歳の少年の足で毎日の山越えはつらかろう。口には出さぬ親心だ。が、住職は、

「いや、それはならぬ」

きっぱりと言った。

「去年、長兄を亡くし、寂しさに耐えかねている者を寺に預けたら、家族に捨てられたと思うやもしれぬ。それではあまりに哀《あわ》れじゃとは思《おぼ》し召《め》されぬか」

正継は頷《うなず》くしかなかった。

「大丈夫、山道を通う疲れは、夜何も考えず泥のように眠らせてくれるはずじゃ」

住職が正継の胸の内を見透《みす》かしたように、言葉を継いだ。

このようなわけで、今年天正二年の春から佐吉は毎日山を越え寺に通っている。住職が石田の家を訪れたのは去年の初秋。八月、小谷《おだに》の城が落ち浅井家が滅んだ。その直後は、石田家としていろいろあったにしても、佐吉が寺に通い始めるのは、もう少し早くてもよかったと思うのだが、三回忌《さんかいき》だのなんだのと理由をつけて延ばし、二月の末にやっと通い始めることになる。北近江の冬は厳しい。せめて山の雪が少しは消えてからということだったのだろう。

さて、寺での佐吉の暮らしだが、主に住職から学問を授けられる。そのほかに、雑巾《ぞうきん》がけや庭掃除《そうじ》、住職の身の周りの世話などもこなさねばならない。家ではそんな用事は何もしてこなかった佐吉にとって、最初のうちは要領がわからずとまどうことも多かった。

そんな佐吉を気遣《きづか》い、何くれとなく面倒をみてくれたのが、一つ年上の大谷紀之介だ。

紀之介は、寺に住み込んでいる。

琵琶湖《びわこ》の北、小谷と書いて「おおたに」と読む村の、佐吉と同じ郷士《ごうし》の家の出らしい。らしいと言うのは、そのことについて、紀之介は佐吉に何も言わず、佐吉が訊《き》いても巧《たく》みに話をそらしてしまう。それでも会話の端々《はしばし》をつなぎ合わせ、佐吉はそのように結論づけた。もう一つ言うなら、両親は既になく、帰る家もないらしい。

しかし、紀之介に暗いところは微塵《みじん》もない。いつも、明るく元気だ。学問も、寺の雑用も、決して真面目《まじめ》とは言えないが、要領よくそつなくこなし、馬鹿正直に何でも言われたとおりにしようとする佐吉のことを嘲笑《わら》いながらも手伝ってくれていた。

（二）

この日、住職は、二人に書見をしているように言いつけて、出かけて行った。

佐吉は言われたとおり、端座して経机の上に開いた『孫子《そんし》』を読んでいる。その横で、紀之介が寝転んで退屈そうに、佐吉の顔を眺めていた。

「紀之介殿、お師匠様が留守中、書見をしておれと言われたではないか」

佐吉がたまりかねたように、もう一度言葉を発した。

言われた紀之介は、大きな溜息《ためいき》をついた。

「何もそれほどに根《こん》を詰めてやることはない。お師匠様もお留守の間ずっとと言われたわけではないはずだ。お前のように休まず本を読んでいてもかえって頭に入らない。頭を働かせるには適度な休息が必要なのだ。あ、それに、以前から紀之介殿はやめろと言うておるではないか。我らは朋輩《ほうばい》。お互い呼び捨てでよい」

「なれど、紀之介殿は兄弟子《あにでし》にして年上、長幼《ちょうよう》の序《じょ》というものがござる」

「兄弟子というても、学問はそなたの方が進んでおるし、年上というてもたかが一歳ではないか」

「なれど……」

二人が言い合っていると、表から、

「誰《たれ》かある」

という声が聞こえた。

「今頃、誰だろう」

「さあ」

二人が言い合って、佐吉が出ていくと、四十《しじゅう》がらみの小柄《こがら》な武士がひとり立っていた。着ているものからかなりの身分だとわかる。

その武士は佐吉を見ると、

「長浜の秀吉《ひでよし》である。遠乗りの帰りじゃが、ちと喉《のど》が渇《かわ》いてのう、茶を一服《いっぷく》振るもうてくれぬか」

人懐《ひとなつ》こい笑顔を向けた。

長浜の秀吉とはもちろん、長浜城主・羽柴筑前守《はしばちくぜんのかみ》秀吉だ。小谷落城後、浅井家の領地を得た彼は、琵琶湖のほとり今浜と呼ばれていた地に城を築き長浜と改名した。

城持ち大名になっても、譜代《ふだい》の家臣《かしん》がないに等しい秀吉は、城下町を作り整える一方、遠乗り、鷹《たか》狩りと称しては近在の村々を回り、適当な人材を探していた。

それにしても、供も連れずに一人なのは妙である。秀吉が乗っていたのは駿馬《しゅんめ》だったので、駆けているうちに供を引き離してしまったのだろうか。

「承知いたしました。まずはお上がりくださいませ」

佐吉は秀吉を客間《きゃくま》に案内した。

「暫時《ざんじ》お待ちくださいませ」

そう挨拶《あいさつ》して、厨《くりや》に行くと、もう紀之介が湯を沸かしていた。佐吉の気配に振り返ると、

「新しいご領主様だ、粗相《そそう》のないように気をつけねばならぬぞ」

それだけ言うと、かまどに向き直り火吹き竹を吹いた。しばらくして、

「喉が渇いているとおっしゃった。長くお待たせもできぬ、少しぬるいが、まあいいか、佐吉、点《た》てて持っていけ」

紀之介が佐吉に、指図するように言った。

「はい。えーと、茶碗は……ちょっと大きいけど、ま、いいか。あ、お湯、入れすぎた」

どうしましょう。

佐吉が紀之介を見る。

「いい、いい。喉が渇いておられるんだ、少々多くてもかえって喜ばれるぞ」

紀之介が、肩の力を抜けとでも言うように気楽に答える。

「そうですね、ではお出ししてきます」

そういうと、今まで紀之介とバタバタ慌《あわ》てていた佐吉が、お茶をささげてしずしずと厨を出て行った。

あいつ、大物になるぞ。

佐吉の姿を見送りながら、何やら楽しそうに、紀之介がひとりごちた。


「お待たせいたしました」

佐吉がお茶をもっていくと、

「おお、待ちかねたぞ」

言うが早いか秀吉は茶碗をとり、ごくごくと喉を鳴らして飲み干し、

「もう一杯所望《しょもう》」

茶碗を差し出した。

「かしこまりました」

空《から》の茶碗を盆に受け取り、厨へ帰って来た佐吉が、紀之介に、

「おかわりを所望されました」

と言うと、

「ちょうどいい大きさの茶碗を見つけておいた。お湯もいい具合に沸いている。今度はうまく点てろよ」

と、前より少し小さい茶碗を渡してくれた。

「はい」

前より落ち着いて点てたこともあって、今度はうまく点てられた。

それを持って、また、しずしずと行く。

「お待たせいたしました」

「うむ」

秀吉は頷くと、前より少しゆっくりと味わうように飲んだ。そして飲み終えると、意味ありげに微笑《ほほえ》んでから、

「いま一杯所望」

と茶碗を返してよこす。佐吉はそれを、

「かしこまりました」

と盆で受け、厨へ下がる。

「もう一杯、ご所望です」

言うと、紀之介が、

「えーっ」

と、悲鳴とも何ともつかない声を上げた。

「もうお湯が……」

早く沸くように少ししか沸かしていなかったのだ。

「ないんですか」

「小さい茶碗に半分ほど。煮えたぎっている」

「どうしましょう。もう一度沸かしますか、あ、水をたして、うめましょうか」

佐吉の言葉に、紀之介はしばし考えたようだ。

そして、どんなに喉が渇いていたか知らないが、あれだけ飲めば、もう今は喉は渇いていないはずだ。なのにもう一杯飲みたいという。なぜか。ああ、そうか、休みたいんだ。

そう結論づけたらしい。

「佐吉、この残りの熱い湯で点てろ。熱いままだ」

「え、何故《なにゆえ》に」

「秀吉様は、もう今は、それほど喉は渇いてはおられまい。さすれば何故、三杯目を所望なされたか。それは今少し、ゆっくりなされたいからではあるまいか」

「そうか。だから少しのお茶を熱く点て、ゆっくり味わっていただこうというのですね」

「そのとおり」

二人は、顔を見合わせて微笑みあった。


「お待たせいたしました」

「うむ」

小ぶりの茶碗を受け取った秀吉は、満足そうに微笑むと、少量のお茶をまるで噛《か》みしめるかのようにゆっくりと味わって飲んだ。

時間をかけて飲み終えると、佐吉に温かなまなざしを向け、

「その方《ほう》、名は何と申す」

と訊いた。

「石田村石田藤左衛門正継が倅《せがれ》、佐吉と申します」

「おう、佐吉と申すか。佐吉、して、歳はいくつじゃ」

「はい、今年で十五にあいなりまする」

「さようか。佐吉、馳走《ちそう》になった」

秀吉は立った。

門まで見送りに出た佐吉に、馬上《ばじょう》の人となった秀吉が、

「心づくしの三服《さんぷく》の茶、見事であった」

にっこりと笑い、馬に鞭《むち》を入れて、若葉の山に消えていく。

その後を、秀吉に遅れ離され、寺の前で主《あるじ》の馬を見つけ待っていた供の者二人が追いかけて行った。

（三）

なんと賢い子か。

秀吉は馬上でひとりでに笑みがこぼれるのを禁じ得なかった。

あんな子が欲しかった。

他人《ひと》が何を欲しているか、瞬時に読み取って対応できる。

遠乗りで喉が渇いたという秀吉に、たっぷりの量のぬるいお茶を出した。秀吉は、ごくごくと渇いた喉を潤《うるお》した。人心地《ひとごこち》ついて、もう一杯所望すると、ちょうど

よい加減の量のお茶がちょうどよい加減の温度で出てくる。まだ少し渇きがあった喉を潤すとともに、お茶そのものも味わえる。ためしにもう一服所望した。そうしたら、今度は少量の熱いお茶が出てきた。もう十分喉は潤ったはず。どうぞゆっくり味わいながら身体《からだ》を休めてくださいとでも言うようだ。

小気味《こぎみ》のよい心遣《こころづか》いだ。

修行《しゅぎょう》を積んだ大人でもなかなかできるものではない。

市や虎とあまり変わらない歳なのに。

秀吉は、地縁血縁《ちえんけつえん》で手もとに置いている福島市松《ふくしまいちまつ》や加藤虎之助《かとうとらのすけ》らの顔を思い浮かべた。彼らとて、まっすぐで思いやりも十分にある。学問好きとは言えないが、機転のきく利発な少年たちだ。だが彼らには、とても、あれだけの心配りはできない。いや、むしろそれが普通なのだ。

あの佐吉という少年をどうしても、自分に仕《つか》えさせたい。

今日は住職は留守だった。日を改めて、もらい受けたい旨《むね》頼みに行こう、石田村の出と申しておったな。どのような家の倅か調べさせよう。とにかく何が何でも、あの子は欲しい。

三日後、秀吉は観音寺を再び訪れた。

(四)

秀吉が、再び観音寺を訪れた日の夕方、住職は佐吉と紀之介のいる部屋に来て、秀吉が佐吉に長浜城への出仕を求めていることを告げた。

「なんで、私に」

いぶかる佐吉に、住職は三服のお茶の出し方に秀吉がいたく感心していると言った。

「え、あれは、そのような気遣いから出たものではありません。実は……」

言いかける佐吉の横から、

「ほんに私も感服《かんぷく》いたしました。最初、なぜ三服の茶の量と熱さをあのように違《たが》えるのか、私にはとんとわからず、佐吉に尋ねましたところ、今お師匠様が言われた羽柴様のお言葉と全く同じことを申します。いやあ、知恵のある奴は違うものだと……」

紀之介が、佐吉にしゃべらせないように勢いよく捲《まく》し立てた。

「紀之介殿、何を言うのです。あれは……」

それでも真相を告げようとする佐吉の、袖《そで》を引き、目配《めくば》せして、なんとか黙らせようとする紀之介の様子に、住職も何かあると感じたらしい。

「佐吉、今日はわしもそなたとともに石田村へ行きお父上にお目にかかり、事の次第を申し上げねばならぬ故《ゆえ》、少し早目にここを出る。そのこと心得ておくように」

言い渡し、居間《いま》に引き上げるように見せかけて、物陰から二人の様子を窺《うかが》った。


「紀之介殿、何故あのようなでたらめを言うのですか」

食ってかかる佐吉に紀之介は、

「そんな固いことは言うな。出仕が叶《かな》ってめでたいではないか」

と涼《すず》しい顔だ。

「なれど私の行いに、羽柴様のおっしゃるような意図は全くなかった。思いつかなかったのです。むしろ三服目、湯が少ないということで、紀之介殿が考えられたことが羽柴様のおっしゃることに近い」

と、さらに佐吉は言い募《つの》った。

「ま、よいではないか。羽柴さまはお前を見出《みいだ》された。きっかけはどうであれ、お前なら羽柴さまのご期待に応えられよう」

紀之介の物言いは、あくまでも気楽そうだ。

「しかし……」

佐吉がまだ、何か言おうとすると、

「お前は亡くなった兄上の分まで世のため人のために働かねばならぬのではないか」

紀之介が真顔で言った。

「え」

佐吉が驚いて紀之介の顔を見た。

「前に申しておったではないか。自分が風邪を伝染してしまったから、兄上は亡くなったのだと。俺は、それは定かではないことだし、もし、たとえそのとおりでも、お前以外の誰もが、お前には何の落ち度もないと言うと思うが、自分のせいだと思い込んでいるお前は、何を言われても、慰められない。だったら、兄上の分まで世の中のために働くこと以外、お前が救われる道はないではないか」

紀之介が淡々《たんたん》と言う。

「紀之介殿……」

「がんばれよ」

紀之介は微笑み、佐吉は真顔で、頷きあった。

これが十六の少年か。

物陰から二人の様子を見ていた住職は紀之介の態度に驚きあきれ感心した。

たぶん秀吉が感心したことの半分は偶然の産物だったのだろう。そして残りの半分の大部分が紀之介の知恵に違いない。

秀吉は、誤解をしている。本当なら秀吉が自分に仕えさせようとするべきなのは、佐吉ではなく紀之介であるはずだ。

紀之介は住職にそのことを訴え、秀吉に伝えてもらうこともできたはずだ。ところが紀之介はそれをしないばかりか、本当の事を言おうとする佐吉を止め、嘘までついて佐吉の手柄《てがら》にしている。出仕の機会を佐吉に譲った格好になる。

なぜか。

佐吉の「自分のせいで兄を死なせた」という深い心の傷を癒《いや》すには、世のため人のために働いているんだという自覚、兄の分まで役に立っているという思いしかないと見抜いたからだという。

住職は紀之介の友を想う気持ちに感動すら覚えた。しかしその一方で思う。

こやつ、自分の方の行く末はどう考えているのか。

紀之介は、母親を病で亡くしたその後すぐに、父親を戦《いくさ》で亡くし、縁あって当寺《とうじ》に引き取られた。他人に出仕の機会を譲る余裕などないはずだ。

住職は、紀之介を呼んで。訊いてみた。

すると、

「私は、戦で敵の首を土産《みやげ》に、お仕えしとうございます故」

と言ってのけた。

茶の点て方などで認められ、出仕するのは嫌だ。

言外《げんがい》にそう言っているように聞こえる。

本気なのか、友に出仕の機会を譲るための方便《ほうべん》なのか。

おそらく、その両方であろう。

住職はそう考え、もうそれ以上何も言わなかった。

（五）

それから佐吉は住職と一緒に、石田村の自邸に帰った。

住職から話を聞いた父・正継は、

「なぜ佐吉に」

いぶかったが、住職が秀吉の言葉を伝えると、

「佐吉がそのようなことを。ご住職のお仕込みのおかげです」

と喜んだ。

住職は事の真相を正継には話さなかった。律儀者《りちぎもの》の正継だ。真相を知れば、紀之介をさしおいて佐吉を仕官させるわけにはいかないと言いだしかねない。

佐吉の心配りが秀吉の気に入ったと信じる正継に、仕官の話に否《いな》やのあろうはずはない。

「ありがたい事でございます」

二つ返事で、事は決まった。


住職の帰り際、佐吉が、宣言するように言う。

「一所懸命励みます。そして、羽柴様にお願いをお聞きいただけるようになれば、紀之介殿をお召《め》し抱《かか》えくださるようにお願いするつもりです。その時はどうか、お口添《くちぞ》えをお願いいたします」

「そうだな、それがよい」

住職は、紀之介から聞いた最後の言葉を、これまた、佐吉には言わなかった。

「それでは、また明日」

「はい」

佐吉が見送る住職の背を、春の月が朧《おぼろ》に照らしていた。

第二章

出仕

――長浜城小姓部屋

（一）

長い五月の日が暮れて、夜の帳《とばり》が下りる頃。ここは、近江国《おうみのくに》坂田郡石田村。郷士《ごうし》・石田藤左衛門正継《いしだとうざえもんまさつぐ》の屋敷、奥の一室。先ほどから主《あるじ》の正継が少しばかり悩ましげな様子で座っている。

そこへ、この家の嫡男《ちゃくなん》・正澄《まさずみ》が急ぎ足で廊下を歩いてきたかと思うと、部屋の入口で跪《ひざまず》き、奥にいる正継に声をかけた。

「父上、正澄、参りました」

「入れ」

正継が応じると、

「失礼いたします」

部屋に入ってきた正澄は、

「お呼びでございますか」

と頭を下げた。

「まあ、もそっと近《ちこ》う」

正継が促し、二人、向き合って座った。

「佐吉《さきち》はもう、寝たか」

「はい、ご住職様が帰られて、まもなく」

「そうか」

正継は短く応え黙った。話をどう切り出すか思案している様子だ。

正澄も黙って父の言葉を待っている。呼ばれて来た正澄にしてみれば、そうするほかはない。それでも父親と二人きりの沈黙の息苦しさに耐えかねたのだろう、

「父上、何か……」

話の先を促した。

「ああ、佐吉のことだが」

促されてようやく正継は話し始めた。

「この度の件、お前はいかが思う」

今年で十五歳になる下の息子佐吉は、石田村から山一つ越えた大原庄《おおはらのしょう》にある観《かん》音寺《のんじ》という寺に通って学問などの修行《しゅぎょう》をしている。その佐吉が、たまたま寺を訪れた新しい領主である長浜城主・羽柴秀吉《はしばひでよし》の目《め》にとまり、召し抱《かか》えられることになったのだ。

「ありがたいお話かと」

冷飯《ひやめし》の三男への仕官の話、それも昨今《さっこん》にわかに台頭《たいとう》して飛ぶ鳥を落とす勢いの織《お》田信長《だのぶなが》の重臣《じゅうしん》の一人・羽柴秀吉への仕官なのである。願ってもないことだ。正澄の答えは当然である。当然の答えではあるのだが、どこか歯切れが悪い。

この話を聞いた時から、正継は正澄の態度が気になっていた。

「よかったな。心を尽くしてお仕《つか》えせねばならぬぞ」

一応兄らしい言葉をかけてやっているのだが、まるで心がこもっていないように正継には思えるのだ。

弟思いの正澄だ。それに人としての器《うつわ》も自分より大きいと正継が目を細める自慢の嫡男。弟の幸運を妬《ねた》むようなことはあろうはずがない。

では、いったいどうしたというのか。

「何か気になることでもあるのか」

「え」

「心底《しんそこ》から喜んでやってないように見えるのだが」

「そんなことは……」

ございません。

正澄は、そう否定しようとしたらしい。が、途中でやめた。否定できないようだ。あるいは、正継に言われて初めて、心底から喜んでいない自分に気がついたのかもしれない。

しばし沈思《ちんし》し、自分の思いを確かめているようだった。

「何かあるのなら、言うてみろ」

促されて正澄は、思い切ったように話し始めた。

「羽柴様からの佐吉へのお話は、ありがたいと思います。また、佐吉ならば、羽柴様のおそば近くにお仕えしても立派にお役に立てると存じます。が、ついこの間まで、我らは、小谷《おだに》のお殿様の御為《おんため》に働いておりました。横山の戦《いくさ》では、織田様の将《しょう》である羽柴様の兵と刃《やいば》を交えました。もちろん我らは、小谷のお殿様の家来であったわけではないし、故《ゆえ》に浅井《あざい》の御家《おいえ》が滅んだ今、義理立てせねばならぬ理由はどこにもありませぬ。されど、ならば、我らの大義は何処《いずこ》にあるのか。それを考えたら、何かわからなくなってしまって……」

そうだったのか。

正継は目の前の悩める嫡男を愛《いと》しげに見つめた。

武士道が未《いま》だ確立されていなかった当時、正式な家来であっても比較的簡単に主を替える。ましてや正式な主従関係のないものが、その時々で味方する相手を替えようと、何ら非難されることはない。

正継たち郷士は「村の武士」といわれるように村との結びつきが強い。だから戦の時は普通その村を支配する領主につく。この前の浅井と織田との戦では浅井の兵として従軍した。結果、織田が勝ち、浅井が滅び、織田の将の一人である羽柴秀吉が、旧浅井領の主となり長浜城を築いた。石田村も秀吉の支配下になる。

もし、今後この土地で秀吉が戦をするならば、正継たちは秀吉軍の兵として戦うことになるだろう。

昔から、郷士たちはそうやって生きてきた。

ちと、律儀《りちぎ》に育てすぎたか。

正継は、正澄の顔をしげしげと眺めた。正澄の澄《す》んだ目が、父に答えを求めている。

正継は子供たちに学問を薦《すす》めた。当時、学問といえば主に儒学《じゅがく》だ。その学問の基本が「忠孝《ちゅうこう》」であり「大義名分《たいぎめいぶん》」なのだ。

十九歳、まだまだ若い正澄には、ついこの間まで浅井に味方し、敵として戦った秀吉に仕えるというように、その時々で主を替える郷士たちの生き方は、「忠」に反し「大義」のないものに思えるのかもしれない。

正継は自分の前に座る嫡男を見つめ、溜息《ためいき》をついた。しかしその溜息は決して不快さから出たものではない。

まっすぐな若者に育ってくれた。

そんな思いに、正継の口元が小さく綻《ほころ》んでいた。

とはいうものの、この若く律儀すぎる息子に、自分たちが戦国の世を生き抜いてきた知恵を、どう話せばいいのか。

自分たちの生き方は、忠義の道に反し、大義のないもの。

そんなことは微塵《みじん》も思わせてはいけない。

もちろん正継自身、そんなふうに思ったことはないが……。

難しい。

正継はしばし考えた。そして、

「我らの大義は、村を守ること」

自分でも驚くほど、きっぱりと言った。

深く考えての答えではなかった。考えあぐねたあげく、自然に口をついた言葉だ。が、それを口にした時、正継は、
そうか、これだ。

と思った。

今まではっきりと意識してはいなかったが、自分たち郷士の役目は村を、村の人たちの暮らしを守ることなのだ。

「よいか正澄、我らが忠義を尽くす相手は、その時々のご領主ではない。いつの時も我らはこの村のために働き、この村の人々のために命をかけるのだ」

自分自身をも納得させるように言う正継の言葉に、

「村のために……」

正澄はそう呟《つぶや》いて黙考《もっこう》する。父の言葉を反芻《はんすう》しながら、懸命に考えているようだ。しばらくの後、正澄の表情がパッと明るくなった。それを見逃さず、正継が、

「得心《とくしん》したか」

と訊《き》いた。

「はい」

答えた正澄は、なんとも清々《すがすが》しい表情だ。

「そうか」

正継はほっとしたように眼を閉じて、大きな息を一つ吐いた。

「もう遅い、下がってやすみなさい」

「はい、おやすみなさいませ」

正澄が部屋を出ていく。


山でフクロウが鳴いた。

短い夏の夜。もう半ばが過ぎただろうか。


翌朝も佐吉は、観音寺へ出かける。五日後に長浜城に入るのだが、準備といっても、佐吉本人がすることは取り立てて何もないので、お城に上がる前々日まで通うことにしたのだ。

朝餉《あさげ》を済ませ出かけようとする佐吉を呼び止めた正澄が、

「今日も一日、心して励むのだぞ」

と言っている。

「はい」

佐吉の返事の声は、まっすぐで大きい。
二人の息子の会話を聞きながら、
このやりとりが聞けるのも、あとわずかなのだな。
一抹《いちまつ》の寂しさを覚える正継だった。

（二）

いつもどおりの時がいつもどおりに過ぎて……。

いよいよ明日は、佐吉が長浜のお城に上がる日となった。さすがに、寺に通うのは昨日で終わり、今日は一日、明日の準備だ。

母上に呼ばれ、新しく縫《ぬ》ってもらった着物に袖《そで》を通し、寸法《すんぽう》を合わせたり、奥方様にお目通りする時の挨拶《あいさつ》を口移しで教え込まれたり、または兄の正澄から、愛用の筆と硯《すずり》を譲られたりと、自らは何もしていないのだが、何か慌《あわただ》しく時が過ぎてゆく。

いつもより少しだけ豪華な夕餉《ゆうげ》が済み、佐吉は、父・正継に呼ばれ奥の部屋に入った。

「これへ」

正継が自分の前の床《ゆか》を指した。

「はい」

佐吉は正継の指したところへ座る。

父親と二人きりで向かい合わせ。

めったにないことだ。もしかすると、初めてのことかもしれない。

佐吉は、緊張していた。

「いよいよ明日だな」

正継の言葉への答えも、

「はい」

と、堅い。

そういう息子の様子に気づいているのかいないのか、正継は十五歳の少年に対して少々酷《こく》な問いを発した。

「お前の覚悟を訊かせてもらおうか」

「え」

何をどう答えればいいか。そもそも何を訊かれているのかさえわからずにとまどう佐吉に、

「羽柴様にお仕えするうえでの、お前の覚悟を訊いておる」

正継が重ねて問う。

「何事も、羽柴のお殿様のお言いつけどおり、羽柴のお殿様の御為に、命をかけてお仕え申し上げる所存でございます」

佐吉の答えを聞いた正継の表情が緩《ゆる》み、やがて笑い出した。

「佐吉、それは、父が教えた羽柴様への挨拶ではないか」

佐吉の今の答えは、明日の羽柴秀吉への目通りのために、正継が教えた挨拶と一語一句違《たが》わぬものだったのだ。

「あ」

バツが悪く黙った佐吉も、やがて何かおかしくなって笑ってしまった。

一気に緊張が解《と》けた。

「わしの訊きようが悪かったな。お前は明日からお城へ上がる。未だ元服《げんぷく》前ではあるが、一人前の武士として務めを果たさねばならぬ。そこで、務めを果たすうえで、お前が一番大切だと思うものは何か、いや、違うな。何のために、そう、何の

ために務めを果たすか、それが訊きたい」

「何のために務めを果たすかでございますか」

「そうだ」

何のために……。

佐吉は考えた。

羽柴様のために、
羽柴秀吉に仕えるのだ。それが当たり前だ。しかし、父上がおっしゃっているのは、そういうことではないようだ。何のために……何のために羽柴様のために務めるのか。羽柴様は織田様のご家来だ。羽柴様のために務めることは織田様のために務めること。では何のために織田様のために務めるのか。

うーん、きりがない。

「難しいか」

正継は考え込む息子を見て、自分でも容易に答えの出ない問いだと気づいたようだ。

「そうだな、難しいな」

佐吉の答えを待たずに独り言のように言い、

「今、答えが出ずとも、常にその問いを自らに質《ただ》しながら、羽柴様に忠義を尽くせ。そうすればいつの日か、答えが得られよう」

と、佐吉を見つめ頷《うなず》いた。

「はい」

噛《か》みしめるように返事をして、佐吉も頷き返した。


父上は、いったい何をおっしゃりたかったんだろうか。

正継の部屋から自室に戻った佐吉は、ひとり端座《たんざ》して考えていた。

何のために務めるのか。

正継の前では口にしなかったが、佐吉の胸には一つの答えがあった。

自分が生きていてもよかったんだ。と、思えるような、何か世の中の役に立つことがしたい。

ということだ。

佐吉は亡き長兄《ちょうけい》の死に、今も責任を感じている。病弱な長兄に、風邪《かぜ》を伝染《うつ》してしまったと。

兄上は私なんか比べようもない方だった。

その兄上が私のせいで亡くなった。私が死んだ方が、石田の家のためにも世の中のためにもはるかによかったのではないか。

佐吉は長兄が亡くなってから今まで、ずっとそんな思いを持っていた。しかしいくら悔やんでも、せんないこと。死んだ者は帰ってこない。

佐吉は、いつの頃からか、
兄上の分も、世のため人のために何かやらねば。

そういう使命感を胸に秘めるようになっていた。

ならばなぜ、父に訊かれた時、そう答えなかったのか。

はっきりした理由は佐吉自身にもわからないが、そういうことを言えば、必ず、

「兄の死は、お前のせいではない。そのようなことをいつまでも気に病むな」

そう言われるに決まっている。

今までに何度そう慰められたことか。

しかし、いくら慰められても佐吉は少しも楽にならなかった。佐吉とて理屈ではわかっている。わかってはいるのだが、
兄上の死は、自分のせいだ。

その思いは、消えなかった。

人間、情の部分を理で諭《さと》されても、どうにもならないようだ。
だから佐吉は、自分の秘めた決意を、誰にも話さなくなっていた。
周囲の者たちは、そんな佐吉の様子に、
やっと忘れたか。
と、胸を撫《な》で下ろしていた。
が、話さなくなった分、その思いは佐吉の胸の奥深くに刻み込まれた。
いつの時代にも、子供は大人が信じるほど子供ではないということか。

佐吉は床《とこ》に就《つ》き静かに目を閉じた。
窓から月明かりが差している。満天にきらめく星々が明日の晴天を約束していた。

（三）

わしはいったい何を言いたかったのか、何を佐吉に訊き、何を佐吉に言ってやりたかったのか。
正継は、佐吉の去った後、佐吉の座っていた床《ゆか》を眺め、ひとり考えていた。

数日前、佐吉の兄・正澄と話した。正澄は、弟の幸運を喜びながらも、その仕官先が、つい先頃まで敵としていた織田家中《かちゅう》の将・羽柴秀吉であることに、自分たち郷士の生き方の義について悩み、迷っていた。嫡男の若く純粋な思いを知って正継は、正澄に一つの答えを与えた。すなわち、

正継たちが忠義を尽くす相手は、その時々の領主ではなく、村、村の人々だ。

ということだ。

正継にとって、それは、以前から用意した答えではなかった。正澄に問題を突きつけられて、考えあぐね、ふと口をついて出た答えだった。ふと口をついた答えであったけれども、言った後、正継はそれが真実であると確信した。

そこで、正継は考える。

正澄には、石田の村と村人のために命がけで働けと言った。けれども、羽柴秀吉に仕える佐吉には、羽柴様の御為に働けと言わねばならぬ。石田村が羽柴秀吉の支配下に置かれるかぎり、その二つは矛盾《むじゅん》することなく、問題はない。村の支配も織田家の領国支配の在り方を見聞きするに、村と対立することはあるまいと思う。

だから、石田村での正継・正澄と、長浜城で秀吉に仕える佐吉、その両者の立場が対立することはない。羽柴様の御為に働くことが、石田の村と村人のために働く

ことになるのだ。

何の問題もない。

ならば、

「羽柴様の御為に誠を尽くして働け」

そう言ってやればよい。

それでよいではないか。

しかし、何か漠然《ばくぜん》とした不安が残るのだ。


正継は、石田の家の当主になり、また、人の親となって二十年以上が経つ。家人《かじん》や村の人々には頼りにされる立場である。そしてその威厳《いげん》も十分にある。けれども、そんな正継だとて、自分に絶対の自信があるわけではない。悩みもするし、迷いもする。

数日前の正澄の問いは、正継にとって衝撃だった。幸い、とっさに出た、

「村や村の人々のために忠義を尽くす」

という答えは、正澄だけでなく正継自身をも十分に納得させられる答えだった。

しかし、佐吉に同じ類《たぐい》の問いを発せられたら、はたして正澄への答えと同じ答え

でよいのだろうか。自分と村に残る正澄だから「村への、村人への忠義」でよかった。しかし、佐吉には……。

考えたに違いない。

容易に出ない答えだった。

そこで、佐吉に問われる前に、自分の方から問うたのだ。簡単には答えられない難問を。

ちと卑怯《ひきょう》だったか。

正継はひとり苦笑する。


むろん、正継が意識してこの少し卑怯な手を使ったとは思えない。

正継の問いに、佐吉が長兄の死に未だこだわっている様子を見せれば、それをきっぱりと否定してやり、

「亡き兄とどちらがなどという考えではなく、お前自身の人生として、亡き兄の分までがんばればよい」

あまり説得力があるとは言い難《がた》い一言を言ってやろうとは思っていた。

しかし佐吉は、兄の事について何も言わなかった。よって、いったい何を言って

やりたかったのか、と正継が溜息するなりゆきになったのだった。

何も有意義なことは言ってやれなんだ。

正継はまた、溜息をつき、天井を仰《あお》いだ。やがて、目を窓の外に移す。

「明日は、晴れる」

夜空にきらめく星々を見ながら、正継が呟いた。

（四）

翌朝。

五月の空は雲一つなく晴れ渡り、時折吹く微風《そよかぜ》が清々しい。

今日は、佐吉がお城に上がる日だ。

この日のために、母上が仕立ててくれた着物に身を包み、父上から手渡された、脇差《わきざし》を腰にさし、一端《いっぱし》の若武者姿の佐吉が住み慣れた石田村の屋敷を出る。供は佐吉と同い年の下働きの少年、嘉助《かすけ》ただ一人。荷物を背負い佐吉の後に従う。しかし、この嘉助も、あちらに着いて、荷物を置いたら帰ってくることになっている。

佐吉ただ一人だけの奉公《ほうこう》が始まるのだ。

「行ってまいります」

観音寺に出かけるのと同じ挨拶をして、家を出る佐吉を、両親と兄の正澄が言葉少なに見送った。


長浜のお城に着いた佐吉は、城主・羽柴秀吉が起居《ききょ》する屋敷の一室に通された。四畳半《よじょうはん》ほどの小さな部屋で、それが佐吉に与えられる部屋らしい。

佐吉はそこで荷をほどき、嘉助を帰した。そして何をするでもなく、一人端座して、誰かが何かをしに来るのを待っていた。

およそ一刻《いっこく》、佐吉は姿勢を崩さず座り続けた。やがて佐吉より少し年上と見える若武者が奥の方から歩いてきて、佐吉のいる部屋の前で止まり、立ったまま、

「殿様がお会いになる、ついてまいれ」

と言い、踵《きびす》を返し、奥へと歩き始めた。

佐吉は慌《あわ》てて立ち上がり、後に従う。

殿など付けよとは言わぬ。呼び捨てでよい。呼び捨てでよいから、せめて「石田

佐吉か」と尋ね、「我は……」と名乗り「殿様がお会いになられる、ついてまいられよ」と言って、立ち上がり部屋を出るのを待って、歩き始めるのが礼儀だろう。

前を行く若武者に少なからずムッとしながらも、佐吉は黙って後をついて行った。

長い廊下を歩き、奥へ入った。

二間《ふたま》続きの座敷の前で、佐吉を先導してきた若武者が跪いた。奥の上座《かみざ》に、秀吉が三十路《みそじ》前の女人《にょにん》と並んで座っている。その女人は、下座《しもざ》に座る佐吉と同じくらいの歳の少年二人と親しげに話していた。

「連れてまいりました」

先導の若武者はそう言うと、後ろに控える佐吉を残し座敷に入り、座を移し女人側に居並び興味深げにこちらを見ている少年二人と向かい合せに、つまり秀吉の側に座った。

「おお、参ったか。さあ、こちらへ来い」

秀吉が手招きする。

佐吉は座敷の入口で平伏《へいふく》した。

「石田村、石田藤左衛門正継が三男佐吉にございます。何事も、羽柴のお殿様のお言いつけどおり、羽柴のお殿様の御為に、命をかけてお仕え申し上げる所存でございます故、何卒《なにとぞ》よろしくお願い申し上げます」

覚えてきた挨拶の言葉を一気に言った。

「立派に挨拶ができましたなぁ」

女人が笑顔で優しく声をかける。

「どうじゃ、おね、わしが言うたとおりであろうが」

秀吉が自慢げに言うと
「ほんに、利発そうなお子でございますなぁ」

秀吉におねと呼ばれた女人が、佐吉を見て目を細める。

「さあさあ、こちらへ来い」

秀吉が言うと、佐吉は手前の間《ま》に入って平伏した。

「そんなところでは話が遠い。もっとこっちへ、こっちへ」

秀吉がさらに促す。

佐吉は奥の間の敷居の前でとまどっていたが、

「遠慮は要らぬ。入りなされ」

おねの言葉に奥の座敷に入った。

「わしの奥方じゃ、今日からは母と思い、甘えればよい」

「は」

佐吉は平伏するだけだ。奥方様用の挨拶も用意はしてきたのだが、それは別々の場面を想定したもので、さっきした挨拶とあまり違ってはいない。ここでそれをやると、ほとんど繰り返しになる。だからやめた。

「佐吉は、歳はいくつになりますか」

「はい、今年で十五にあいなりまする」

「そうですか、ならば、虎よりは一つ、市よりは二つ上ですね」

おねが少年二人の方を見て、

「仲良う、お仕えせねばなりませぬぞ」

諭すように言う。

「はい」

二人は声を揃《そろ》えて、素直な返事をした。

「加藤虎之助《かとうとらのすけ》に、福島市松《ふくしまいちまつ》じゃ。そしてこっちが、蜂須賀彦右衛門家政《はちすかひこえもんいえまさ》、彦右衛門は十七じゃったかの」

秀吉が、三人を紹介した。

「石田佐吉にございます。よろしくお願い申し上げます」

佐吉は三人に深々と頭を下げた。当然、三人からも同様の挨拶が返ってくるものと思っていた。が、

「加藤虎之助」

「福島市松」

二人の少年からは、それだけだった。さすがに彦右衛門は、二人に比べれば大人だ。

「蜂須賀彦右衛門家政でござる」

と、少しだけ頭を下げ、

「何か困ったこと、わからぬことがあれば、遠慮なく訊くがよい」

改まった口調で言った。

それでも、佐吉にしてみれば、不満だ。不満だが、不思議なもので、年下の二人のあまりにも無礼な態度に、彦右衛門の態度がかなり好意的なものに思えた。

佐吉の長浜城での生活はこのように幕を開けた。

小姓《こしょう》といっても、秀吉の身の回りの世話は、おねをはじめ、女性《にょしょう》たちの手で行われることが多い。もちろん、女好きの秀吉のこと、男色《だんしょく》の相手なども皆無《かいむ》だ。

ならば、小姓たちは毎日、何をして過ごすのか。

まず槍《やり》、剣術の稽古《けいこ》から、軍学、築城、そして町づくり、農政、楽市楽座《らくいちらくざ》などの経世済民《けいせいさいみん》などを実践《じっせん》で学ぶ。

槍、剣術の稽古は、虎之助、市松の得意とするところだ。歳は下だが、身体《からだ》は二人とも佐吉より大きい。体力もある。それに加えて、家でほとんど稽古したことのない佐吉は、二人の相手ではなかった。といって、手加減できる二人ではない。いつも二人にしたたかに打ちのめされるのだ。見かねて彦衛門が待ったをかけ、五、六分《ぶ》の力で相手をしてくれた。

軍学、築城、経世済民は、虎之助、市松、彦右衛門の三人に、佐吉はすぐに追いついた。そして、特に経世済民は佐吉の得意とするところだった。

槍、剣術の稽古では悔しい思いばかりの佐吉だったが、それ以外のもの、特に経世済民では、優越感に浸《ひた》れるのだった、
虎之助、市松は、この頃は佐吉に対して、悪気など全くない。ただ、自分の得意とする槍、剣術において、それが不得意な者の気持ちを思いやれなかっただけだ。そして、佐吉にも二人に対して悪気など微塵もなかった。ただ、自分の得意な経世

済民において、それが不得意な者の気持ちを思いやれなかっただけなのだ。

しかし、この小さな相違が、大きな溝になり、やがて大きな戦へと進んでいくのだが、それは、かなり後の話。

この頃の三人は、ぶつかり合いながらも、お互いに成長していく。


長浜城に橘《たちばな》が香る。

城の一角には、今日も、三人の言い争う声が、明るく響いていた。

第三章

軍師の条件

——半兵衛の秘策

（一）

長浜の町に長い冬が訪れる前、山々が色とりどりに紅葉《もみじ》する。春の桜の薄紅色《うすべにいろ》に心おどる若さがあるなら、秋の紅葉は華やかながら、何かを成し遂げた達成感とともに盛時《せいじ》を終える寂寥《せきりょう》がある。

天正《てんしょう》五年晩秋、松永久秀《まつながひさひで》との信貴山《しぎさん》城の戦いから帰った羽柴筑前守秀吉《はしばちくぜんのかみひでよし》は、長浜城の天守から、紅葉した山々を眺めていた。

一戦を終えた秀吉だが、紅葉した山々に寂寥を感じることはない。まもなく毛利《もうり》攻めが開始される。しみじみと達成感に浸《ひた》る暇などない。ましてや織田《おだ》の隆盛《りゅうせい》はまだまだ続く。盛時を終えるなど考えられなかった。

だから、目の前の燃えるような紅葉の赤は、ただただ秀吉の武人《ぶじん》の闘志を掻《か》き立てた。

「見事じゃのう」

誰に言うともなく呟《つぶや》いた秀吉の言葉に、

「ほんに見事でございますなぁ」

傍《かたわ》らに立ったおねが応える。そして、

「松寿丸《しょうじゅまる》、もそっとこちらへ」

後ろに控えている少年を笑顔で手招きした。

おねに松寿丸と呼ばれた少年は、播磨国《はりまのくに》御着《ごちゃく》城主・小寺政職《こでらまさもと》の家老《かろう》・黒田官兵衛《くろだかんべ》孝高《えよしたか》の嫡男《ちゃくなん》だ。小寺政職が織田信長《のぶなが》に臣従《しんじゅう》した証《あかし》として人質に寄こした。

これより前に、信長に伺候《しこう》した官兵衛は、軍師として秀吉に従っていた。小寺の人質として松寿丸が差し出された表向きの理由は、主君である小寺政職に人質となるような子がなかったためなのだが、その実は、信長が、軍師としての官兵衛を欲していたためだ。

小寺政職が背《そむ》いても、官兵衛さえこちらにいればそれでいい。

なんとも合理的な信長らしいではないか。

松寿丸は、秀吉に預けられた。

松寿丸は、この年十歳。

秀吉おね夫婦には、子がない。これまで、地縁血縁《ちえんけつえん》で手もとに置いた、福島市《ふくしまいち》松《まつ》、加藤虎之助《かとうとらのすけ》を我が子同様に養育していた。

だが、彼らもこの年、十七歳と十六歳。ともに元服《げんぷく》を済ませ、正則《まさのり》、清正《きよまさ》と名乗りも変えた。おねの目から見ればまだまだ子供だが、以前のようにそばに置いて何かと面倒をみるということはなくなった。

寂しく思っていたところへ、松寿丸が人質としてやってきた。

おねは松寿丸が長浜城にやって来たその日から、

「松寿丸、松寿丸」

と、傍らから離そうとはしなかった。

「きれいであろう」

おねが、遠慮がちに近づいてきた松寿丸の肩を抱き、膝《ひざ》を折り、目の高さを合わせた。

「はい」

松寿丸の返事は素直で元気だ。だがどこか寂しく聞こえるのは、季節のせいばかりではあるまい。利発な松寿丸は、幼いながら、人質としての自分の立場を心得ている。おねにはそんな松寿丸の健気《けなげ》さが不憫《ふびん》でたまらないらしい。愛《いと》しげに松寿丸を見つめるのだった。

　そんなおねが、ふと秀吉の方を見て言った。

「この度も、市と虎は、よう働いてくれたそうでございますね」

　市と虎。

　福島正則、加藤清正のことだ。元服して一人前の武将となった今も、秀吉もおねも内輪《うちわ》では、このように幼名《ようみょう》で呼ぶ。

「ああ、あの二人、群を抜いておるわ。戦《いくさ》をするために生まれて来たような奴らよ」

　秀吉が嬉しそうに応えるが、

「まあ、何をたわけたことを。戦をするために生まれてくる者など、おってたまるものですか」

　おねにピシャリと言われて、秀吉が、

「これは、しもうた。要らぬことを言うて、奥方様に叱られてしもうた。松寿丸、助けてくれ」

　大げさに、松寿丸の助けを求めた。

「お前様」

おねが秀吉を睨《にら》んでみせる。

「おお、こわや。こわや」

秀吉は、松寿丸の後ろに隠れようとする。

秀吉の態度に、おねが噴き出した。秀吉は笑っている。そして松寿丸も笑いだした。

天守が明るい笑いに包まれた。

やがて、おねが、

「佐吉《さきち》はまだ、お供は叶《かな》いませぬか」

遠慮がちに訊《たず》ねる。

「あやつのことは考えておる」

真顔に戻った秀吉が前を見たまますきっぱりと答えた。

風にのって紅葉した楓《かえで》の葉が一枚、天守に舞い来て、そして、ふわりと床《ゆか》に落ちた。

（二）

石田三成《いしだみつなり》は、長浜城下に拝領した屋敷の一室で一人、自分の腕を枕にしてごろりと横になっていた。

夕暮れ。

「秋の日は釣瓶落《つるべお》とし」とはいえ、まだまだ辺りは明るい時刻。行儀の良いこの男にしては、珍しいことだ。

秀吉に仕《つか》えて早三年の月日が流れ、三成は十八歳になっていた。

元服し、名を佐吉から三成に改めたのが一年前、それを機に、城下に屋敷を賜《たまわ》って、長浜城の小姓《こしょう》部屋より移り住んだ。

ともに小姓として仕えた福島正則、加藤清正もほぼ同時に元服し、彼らもまた城下に屋敷を拝領して、小姓部屋を出ている。

三成の屋敷に住まいするのは、主《あるじ》の三成と若党《わかとう》一人に女中《じょちゅう》が一人。

二人とも石田村から雇った者だ。

若党は、三年前に三成が長浜城へ出仕する時、荷物を担いで供をしてきた嘉助《かすけ》だ。三成と同い年の嘉助は、身体《からだ》は三成よりも一回り大きく成長し、たくましい若者になっていた。

そして女中は、石田の家で奥向きの事を母と一緒に取り仕切る女中頭《がしら》の娘で、名はおもよ。年齢は三成より一つ年上の十九歳。母親ゆずりの気働きで、奥向き全般から三成の身の回りの世話まで、そつなくこなす。

二人とも三成とは、石田の家で一緒に育った幼馴染《おさななじみ》だ。

これから若い主従が力を合わせ、新しい「家」を形作っていくことになる。

三成が秀吉に仕えてから三年の間、秀吉は長篠《ながしの》の戦や信貴山城の戦など、日々戦で忙しく、城を空けることが多かった。

同じ小姓として仕えていた福島正則や加藤清正が、初陣《ういじん》を手柄《てがら》で飾り、当たり前のよう出陣していく中、三成は未《いま》だ、出陣の機会を与えられてはいなかった。

自分はいつになったら、戦場《いくさば》へのお供が叶うのだろうか。

三成は、留守居《るすい》生活に倦《う》んでいた。着実に手柄を立てて秀吉軍の重要な戦力となっていく正則や清正を横目に、焦《あせ》りさえ感じ始めていたのだった。

今日も戦いを終えて帰城した秀吉を出迎え、得意満面の正則や清正の手柄話を、穏やかならぬ心でひととおり聞いて、退出してきた。

別に何をしたというわけではないが、何か気だるく、奥へ入ると、おもよに着替えの手伝いをさせて、庭を眺めてごろりと横になったのだ。

三成の脱いだ着物を手早く畳《たた》み、おもよが訊ねる。

「お茶でもお持ちいたしましょうか」

「ああ、頼む」

庭に顔を向けたまま、三成が答えた。

その男は、そんな三成の屋敷の庭の、夕日に映《は》える紅葉の影から、ぬっと現れた。

「案内《あない》を乞おうと思うたが、何と言うたらよいかわからず、このようなところから、参った」

申し訳なさそうに言いながら近づいてくる男を見て、三成は飛び起きた。

「紀之介《きのすけ》殿ではないか」

「紀之介だ、殿は要らぬ。昔から何度言うたらわかるのだ。まあ、今は吉継《よしつぐ》と名乗っておるがな。達者なようだな、三成殿」

おどけたように言う男に、

「佐吉だ」

三成もおどけたように返し、

「さあ、そんなところに立っていないで、上がられよ」

三成が促し、男は、

「では、遠慮なく」

と座敷に上がった。


男は、大谷紀之介、いや既に元服して吉継と名乗りを変えている。三成が長浜城に上がる前に、実家のある石田村から山一つ越えた大原庄《おおはらのしょう》にある観音寺《かんのんじ》という寺に通って学問などの修行《しゅぎょう》をしていた時、寺に住み込んで一緒に修行をしていた友だ。年は三成より一つ上だから、この年十九歳になる。


この時二人は、三年ぶりの再会だった。

向かい合わせに座った二人は、感慨《かんがい》深げにお互いを見合うだけで、どちらからも、なかなか言葉は発せられなかった。

そこへ、おもよがお茶を持って入ってきた。吉継を見て、

「あらまあ、お客様でございましたか、全く気がつきませず申し訳ございません。ただいま、すぐにお茶を」

と慌《あわ》てて出て行こうとする。それへ、

「おもよ、酒を頼む」

三成が命じ、

「今宵《こよい》はゆるりとしていけるのであろうな」

吉継に言った。

酒が運ばれ、注《さ》しつ注されつ、

「ご住職はお健《すこ》やかにお過ごしか」

で始まった知り合い縁者《えんじゃ》の消息から、懐かしい昔話、そして、話がお互いの近況まで進んだ頃には、もう子《ね》の刻《こく》を過ぎていた。

何度目かの酒を運んできたおもよの眠そうな様子を見て、

「紀之介ど……、いや、紀之介、今宵は泊っていかれよ」

と、吉継に言ってから、おもよに命じた。

「おもよ、客人の床《とこ》の用意を頼む。それを終えたら、先にやすむがよい」

おもよが隣の部屋に吉継の床を用意し、挨拶《あいさつ》をして行ってしまうと、二人また飲み、語り始めた。

「今日は佐吉に、礼に参ったのだ」

吉継が改まった口調で言う。

懐かしさが先に立ち、昔話と、それぞれの身に起きた三年余りの出来事を話すのに夢中になり、今日訪ねてきた用件を話してないのに今気がついたようだ。

三成も吉継に言われて、座りなおした。

「はて、礼とは」

「羽柴様への出仕が叶《かの》うた。一月《ひとつき》前よりご住職のお許しを得て、蜂須賀《はちすか》様の陣に加わっていたのだが、たまたま敵に討ち取られようとしている男を俺が助けた。そこを蜂須賀様が見ておわしてな。名前を聞かれたので名乗ると羽柴様の前に連れて行かれて、そうしたら『わしに仕えよ』と言われたのだ」

「それはよかった」

「全ては佐吉、お前のおかげだ。このとおり、礼を申す」

吉継が、深々と頭を下げた。

「よしてくれ、それは、お前の働きが認められてのことではないか。なぜ、俺に礼を言う。俺は礼を言われるようなことは何もしておらぬぞ」

「何を申す。事あるごとに、俺の名前を羽柴様のお耳に入れてくれていたそうではないか。それ故《ゆえ》、蜂須賀様も俺の名前を聞いて、お前が言うていた者だと思いあたり、羽柴様のところに連れて行ってくれたのだし、羽柴様もわずかな手柄で『わしに仕えよ』と仰《おお》せになった。『あの佐吉が褒《ほ》める男だ。間違いはなかろう』そんな羽柴様のお言葉が漏《も》れ聞こえてきたぞ。佐吉は羽柴様にそれほどまでに信頼されているのかと友として誇らしくもあり、ありがたかった」

「まさか殿が、そのようなことを仰せになるはずがない。俺はそれほど殿に買われておらぬ。それが証拠に、未だ、戦場へのお供が叶わん。ともに小姓を務め、ほぼ同時に小姓部屋を出た福島正則や加藤清正などは、とっくに初陣を済ませ戦に出るごとに手柄を立てて帰ってくる。それに比べて俺に命じられるのは兵糧《ひょうろう》の計算や調達の手伝いばかりじゃ」

三成は今まで誰にも言わなかった不満を、心許せる友を前に、吐き捨てるように言った。

「そうか、初陣、まだだったのか。それは知らなんだ。でもな佐吉、羽柴様がお前を買っておられるのは確かなことだと思う。羽柴様は、普通の武将とは違ったお人だ。何か、お考えがおありなんだと思う。腐らずに、待て」

「ああ」

吉継の言葉はただの慰め、気安めではない。心底《しんそこ》信じていることだ。だが、三成の返事は、とうてい吉継の言《げん》に納得したものではない。

「佐吉……」

吉継は悩める友をじっと見つめるのだった。


星は雲に隠れ、丑三《うしみ》つの鐘が低く響いた。

(三)

気持ちのよい秋晴れの昼下がり。

ここは長浜城にある茶室。亭主の秀吉が一人の客に茶を振る舞っている。

「けっこうなお手前でございました」

茶を飲みほした客が、茶碗の向きを整え、畳の上に置いた。

秀吉はそれを見届け、ゆっくりと話を切り出した。

「佐吉のことじゃが」

「三成殿の」

「あれは、頭も切れ、気も回る。学問もある。どうじゃろう。そなたの下《もと》に置いて、一人前の軍師に育ててもらえぬか」

「三成殿を軍師に」

「どうじゃろう」

「無理でございます」

客は、秀吉があっけにとられるほど、あっさりと断った。

「そ、そうか……。竹中半兵衛《たけなかはんべえ》が手とり足とり教えても無理か」

「無理にございます」


秀吉の申し出を驚くほどあっさりと断ったこの客は、竹中半兵衛重治《しげはる》。元は美濃《みの》斎藤氏の家臣《かしん》であり斎藤氏滅亡後、浪人中、秀吉に三顧《さんこ》の礼《れい》をもって迎えられたことで有名だ。当時既に有能な軍師として、その名は広く世間に知られていた。

秀吉は、三成の気配り、頭の良さを買い、軍師に育てようと考えていたらしい。それには半兵衛の手もとに置いて、教えを受けるのがよいと思ったようだ。

しかし、それを半兵衛に切り出すと、けんもほろろに断られた。

秀吉は落胆し、納得のできない思いだ。自慢の息子を不当に低く評価された父親のような気持ちであろうか。

秀吉の気持ちを察したのだろう。半兵衛が、ゆっくりと三成が軍師に向かない理由を説明し始めた。

「敵方への交渉は、短い時の間に、相手と心を通わせねばなりませぬ。三成殿は頭が良い。しかも、その頭の良さを隠そうとはしませぬ。それは相手に警戒心を起こさせます。実際はどうであれ、軍師は誠実に見えねばなりませぬ。そしてそれは、味方であっても同じこと。何を考えているかわからぬ男の立てた策では、兵は動きませぬ」

「待て、半兵衛、三成は真っ正直な若者ぞ」

不快を隠さず、抗議するように言う秀吉に、

「そのこと、よく存じております」

半兵衛は、涼《すず》しい顔だ。

「なら、何故《なにゆえ》そのようなことを申す」

「私は、実際はどうであれと申し上げました。実際はどうであれ、見た目が大切なのでございます。一目見て、この男は信頼できると思い込ませねば相手は心を開きませぬ。そのこと、人たらしの名人たる殿が一番よくおわかりでございましょう」

「うーむ」

秀吉は唸《うな》った。半兵衛の言うとおりなのだ。

確かに三成は、頭の良さが前に出すぎて、何を考えているのか、相手に警戒させるところがある。

頭の良さを隠そうとはせず、前に出す。それも仕方のないことよ。

秀吉は三成の知的な顔を思い浮かべた。

三成は正則や清正よりも晩《おそ》く秀吉に仕えた。生まれも尾張《おわり》の二人とは違って近江《おうみ》なのだ。にわかにうちとけられなかったのだろう。

それに二人の得意とする槍《やり》や剣ではとうてい敵《かな》わない。それは認めざるを得なかった。

二人の悪気のない無邪気な自慢に、三成が少なからず悔しい思いをさせられたであろうことは想像に難《かた》くない。

しかも、その悔しさを話す親しい仲間もいないのだ。

それ故に、
槍や剣が多少使えることなど、天下国家にとってそれほど重要ではない。それよりも重要な、あれもこれも自分の方が優れているではないか。

無理にでもそう思うことで、気持ちが折れそうになることから逃れたのではないか。

自己暗示。
思うことがやがて、信じることになった。
過剰《かじょう》な自信。
だが、それは経験に裏打ちされていないだけに、脆《もろ》いのだ。
そのことは、当の三成が一番よくわかっているはずだ。
だからこそ、また、
自分は、あいつらとは違う。

頭の良さを、前に出す。
哀《かな》しいやつよ。
秀吉は心の中で呟いた。
秀吉も槍働きではなく知略でここまで来た人間だけに、三成の気持ちはわかる。
そして、その秀吉の戦が三成の自信の、かなり大きな裏付けに違いなかった。

しかし、いくら、
槍働きなど、
と、嘯《うそぶ》いてみたところで、三成も、所詮《しょせん》この時代の男子なのだ。
自分より年下の正則と清正が、初陣を手柄で飾り、その後、戦の度に手柄を立てて帰って来るのを迎える時の心が平穏であるはずはない。

だから、軍師にしようと考えたのに……。
秀吉は、半兵衛の言う三成が軍師に向かない理由に納得しながらも、まだあきらめきれない様子だった。

「それに今一つ」

半兵衛の声で、秀吉は現実に戻された。

「まだあるのか」

「親しく関わった相手を裏切らねばならぬこともしばしば。最初からそのつもりで近づくこともございます。そのようなことを三成殿ができるとお思いですか。それをやるにはあまりにも誠実すぎるかと」

「あいわかった。もうよい」

秀吉は言い、

「誠実に見えないが誠実すぎるか。難儀な奴じゃのう」

大きく溜息《ためいき》をついた。


わずかの沈黙の後、半兵衛が口を開いた。

「三成殿は、早く生まれすぎたのやもしれませぬなあ」

「それはどういうことじゃ」

秀吉が訊ねる。

「世の中が治まれば、三成殿の経世済民《けいせいさいみん》の才がいかんなく発揮されるかと」

「なるほど、まさしくそのとおりじゃ」

「殿、早《はよ》う天下統一を成し遂げてくださいませ。私は三成殿の才が発揮されるところをこの目で見とうございます」

「おお、わしも見たいぞ。御屋形《おやかた》様に励んでいただかねば。むろん、わしも、御屋形様のため命がけで励む。早う戦のない世にせねばの」

秀吉が機嫌よく応えた。

半兵衛が意味ありげな笑みを送ってよこすが、それに気づかぬふうを装った秀吉が、一転、悩ましげに、

「早晩《そうばん》、あやつも戦に出さねばならぬが……、佐吉は、槍働きには向いておらぬ。市や虎などのような働きは無理じゃ。しかし戦場に出れば、負けん気を出し無理をするのは目に見えておる。そんなことで、怪我《けが》などさせとうはないのだが」

と呟く。

しばらく考えていた半兵衛が、はたと思いついたように言った。

「兵站一切《へいたんいっさい》をお任せなさいませ。兵糧の調達場所、方法、量、道筋など全て三成殿一人の采配《さいはい》にゆだねるのです」

「やり遂げられるであろうか」

「大丈夫でございます。三成殿ならきっと立派にやりおおせられます」

「そうか」

秀吉はしばし瞑目《めいもく》した後、

「どうじゃな、もう一服《いっぷく》」

「いただきまする」

「うむ」

と棗《なつめ》に手を伸ばした。

（四）

やがて、中国毛利攻めが開始された。

この戦で三成は、兵站一切を任された。

武器弾薬の運搬《うんぱん》、それにかかわる人足《にんそく》の調達。安全な運搬経路の選定、兵糧の調達、などなど、全て三成の責任において、こなさなければならない。

それは地味ではあるが、重要な仕事だ。

秀吉は、その役目の補佐として、大谷吉継をつけてくれた。三成にとって、最も心強い相棒だ。

三成のことを誰よりも理解し、好意を持って三成に足りないところを補い、助けてくれるに違いない。

さすが秀吉、吉継との短い目通りで、そこまでのことを見抜いたようだ。

三成は、吉継と一緒にこの役目を一所懸命に務めた。

中国毛利との戦は、長期戦になる。三成は、何度となく、戦場と長浜の間を往復した。秀吉も配下の武将たちも、戦の合間に、長浜へ帰る時がある。

三成は長浜に帰った時には城に上がる。秀吉が戦場から帰っていない時でも、おねに目通りしてご機嫌をうかがう。

そんな時、おねはいつも、

「よう働いてくれているそうですね。ご苦労に存じます。疲れているところ悪いが、松寿丸にそなたの仕事の話をしてやってくれぬか。松寿丸をこれへ」

と松寿丸を呼び、松寿丸に三成の話を聞かせるのだった。

松寿丸は利発な子供だった。

福島正則や加藤清正の手柄話なら聞いていておもしろく、感情移入もできるというものだが、三成の兵糧の調達やら、武器弾薬の運搬の話など、十歳の子供にとってどこがおもしろいのかと思うが、三成の話をおとなしく聞いている。それも、おねに言われたからというのではなく、興味深げなのだ。兵糧の量や運搬経路の決め方など要所要所で質問もする。

三成は、それに丁寧《ていねい》に答えてやるのだが、理解も深く、飲み込みも早い。それに自分の疑問に素早く答えてくれる三成に尊敬の念を抱《いだ》いているようだ。

三成もそんな松寿丸がかわいかった。

だが、何より、そんな松寿丸の態度によって、ややもすると槍働きよりも低く見られがちな兵站の仕事に、自信と誇りが持てるようになっていることに、はたして三成が気づいていたかどうか。

おねは、正則、清正にも同じように、松寿丸に手柄話を聞かせるように命じ、二人は得意になって自慢話をしたのだろう。そして松寿丸は、二人にも三成に抱くのと同じように、だが種類は違う尊敬の念を抱き、正則、清正も、松寿丸をかわいく思ったことだろう。

そんなわけで、松寿丸は、人質とは言いながら、秀吉、おね夫婦には、まるで我が子のように慈《いつく》しまれ、時々帰ってくる兄貴分の三人に、弟のようにかわいがられ、何くれとなく教わって、長浜城での生活を穏やかに過ごしていた。

三成は、長浜へ戻り、お城へ上がって、松寿丸と話をするのが楽しみになっていた。

いちいち癪《しゃく》に障《さわ》る正則や清正と、稀《まれ》に一緒になるのだが、そんな時でも、不思議なことに松寿丸がいることで、あまりぶつかり合うこともなかった。

弟のような松寿丸の存在が、三成を少しだけ、他人を思いやり他人の至らなさを許せるように、成長させたのかもしれない。

そんな戦場と長浜との行ったり来たりの生活がおよそ一年続いた後、異変は起きた。

（五）

長浜に厳しい冬が訪れ、そして去った。やがて春が過ぎ、夏が過ぎ、また紅葉の季節が廻《めぐ》り来て、松寿丸が長浜城に人質として差し出されてから一年が経った。

天正六年十月。

秀吉は春から、毛利側についた別所長治《べっしょながはる》が籠城《ろうじょう》する三木《みき》城を攻めていた。

膠着《こうちゃく》状態が続いた後、織田側有利に傾きかけた十月、突如《とつじょ》、荒木村重《あらきむらしげ》が反旗を翻《ひるがえ》し、有岡《ありおか》城に籠城した。

このような事態に秀吉は、以前から村重と親交のあった黒田官兵衛を説得に赴《おもむ》かせた。

しかし、村重は官兵衛の説得を聞かず、官兵衛を捕えて牢獄《ろうごく》に閉じ込めた。

いつまで待っても帰ってこない官兵衛に、織田家武将たちは疑惑を持ち始める。

官兵衛の主、小寺政職が織田を裏切り村重に与《くみ》したことが、さらに官兵衛への疑惑を大きくした。

官兵衛も村重についた。

こういう見方が織田の諸将《しょしょう》の中に広がった。

ただ、官兵衛の人となりをよく知る秀吉だけは違った。

官兵衛に限って、

と信じ、

官兵衛の身に何か不測の事態が起きたに違いない。

と心配した。

しかし織田家の総帥《そうすい》信長は、

官兵衛裏切り。

と結論づけた。信長は自分を裏切った人間に対しては容赦《ようしゃ》ない。それは浅井長政《あざいながまさ》の例を見れば明らかだ。躊躇《ちゅうちょ》なく人質である松寿丸の処刑を命じた。

秀吉は安土《あづち》に赴き、反対した。いや、信長に対して反対などできるはずがない。懇願《こんがん》だ。

「官兵衛に限って、御屋形様を裏切るなど考えられませぬ。何かの事情で帰って来られないに違いありません。今しばらくのご猶予《ゆうよ》を。何卒《なにとぞ》。なにとぞーっ」

信長の袴《はかま》の裾《すそ》にすがり、泣かんばかりに訴えた。

だが相手は信長だ。聞き届けられるはずがない。

これ以上やると自分に類が及ぶ。

永年信長に仕えている秀吉は、引き際は心得ていた。

信長の前から下がり部屋を出る秀吉の頭に、松寿丸の幼い顔が浮かんだ。そのそばには、松寿丸を慈しむようにじっと見つめるおねの笑顔があった。

秀吉はしばし天を仰《あお》いだ。

許せ、おね。

その言葉で、感情の全てをふっきった。

わしのできることはした。

瞑目《めいもく》して深呼吸を一つすると、目を開き、

「半兵衛をこれへ」

秀吉は半兵衛を呼んだ。

（六）

長浜にまた、紅葉の季節が訪れていた。

松寿丸が長浜に来て、二度目の秋だ。

その日、三成は久しぶりに城に上がった。

兵糧米と鉄砲玉の調達のため、三日ほど前から大谷吉継とともに戦場から戻って来ていたのだが、兵糧米の調達が終わり、鉄砲玉の方も国友《くにとも》村へ出向いている吉継からの連絡では、明日中に揃《そろ》う見込みだ。

仕事を終え、その日一日、身体《からだ》が空いた。

いつものように、おねのもとに挨拶に行くと、そこには、福島正則、加藤清正の姿があった。

「帰っていたのか」

三成はおねに挨拶を済ますと、二人にそう声をかけた。

「ああ、おぬしも」

正則が言い、

「ああ」

三成が応え二人と並んで座った。

その日は正則も清正も、何か落ち着かず、おねが松寿丸を呼ぶ前に、三成を拉致《らち》するかのように連れて、早々におねの前を辞した。

「知っておるか」

おねの前から下がり別室へ入ると、清正が三成に訊ねる。

「何をだ」

当然のことに、三成が聞き返す。

清正が何か言おうとすると、

「座ってからにしないか」

正則が言って、座った。

三成、清正も座り、部屋の中央に三角形が出来た。

「荒木殿が寝返った」

正則が言い、

「そのことならば知っておるが、未だ信じられん。寝返る理由がわからん」

三成が応える。

「それまあ、よいとして、よくない、よくないのだが、それはこちらに置いといて」

「市、おぬしの話はまどろっこしくていかん。官兵衛殿が帰らぬのだ」

「虎、それでは事情がわからぬ」

正則と清正が言い合っている。

「荒木殿を説得に行った官兵衛殿が、帰陣いたされぬのか」

三成が言うと、二人は三成の方を見て大きく頷《うなず》いた。

荒木村重が反旗を翻し、それを黒田官兵衛が説得に行ったことまでは知っていた。

官兵衛殿が帰らぬのか。

三成は信長の端正な顔を思い浮かべた。

御屋形様がこのことをどう思われるか。

官兵衛殿に不測の事態が起きて帰れない。そう判断してくだされればよいが、もし、裏切ったと思われれば……。

そこまで考えて、三成は大きく頭《かぶり》を振った。

御屋形様は官兵衛殿を気に入っておられる。早まったことはなされまい。そもそも官兵衛殿が裏切るなどあり得ぬ話だ。

三成がそう考え、心の呼吸を整えていると、

「小寺政職殿が荒木殿に与した」

清正が言う。

「何ぃ」

三成の声が大きくなる。

正則と清正がもう一度大きく頷いた。

「まずいな」

三成が呟く。

それきり誰も口を開かなくなった。といって誰もその場から立ち去ろうとしない。

部屋に重苦しい空気がたちこめていた。

どれほどの時が流れただろうか。

廊下をバタバタと歩く音が近づいてきたかと思っていると、襖《ふすま》が乱暴に開けられた。

「おお、おぬしらここにおったか」

そう言って入ってきたのは、蜂須賀彦右衛門家政《ひこえもんいえまさ》だ。信長に仕える前から秀吉と行《こう》を共にしていた蜂須賀小六正勝《ころくまさかつ》の嫡男《ちゃくなん》で、年齢は三成より二歳年上の二十一歳。

「彦右衛門、何事だ」

言葉を発したのは正則だが、他の二人にも無言で問われた家政は、入って来るなり、

「半兵衛殿が、安土より帰られた」

それだけ言うと、ドカッと腰を下ろした。

三角の車座が四角になった。

「安土からとな」

清正が訊《き》き返した。

「殿はご一緒ではないのか」

と正則。

「殿と半兵衛殿がご一緒に戦場より安土へ行かれて、半兵衛殿だけ帰られたようだ。殿は戦場へ行かれたらしい」

家政の答えに、

「安土まで来られて、お城へ寄らずに戦場へ。妙じゃな」

正則が首をひねる。

「戦場に、何か火急《かきゅう》の事態が起きたか」

清正が言うのに、

「もしそうであれば、おぬしらにも声がかかろう」

三成が言い返す。

「半兵衛殿が奥方様のところへ行かれてから、松寿丸が呼ばれた。どうも半兵衛殿と一緒にこの城から出るらしい」

家政の言葉に、

「何と！」

三成が大声を出した。

「どうしたのだ」

清正が驚いて訊く。正則、家政も三成を見つめた。

「官兵衛殿が敵陣より帰られぬ。殿が安土に行かれた。そして、殿は戻られず、半兵衛殿のみ長浜へ戻られ、松寿丸を連れ出す」

三成が一連の出来事を、順序立てて言葉にした。

はっ！

一同の顔色が変わった。

「松寿丸……」

家政が呟く。

「おぬしもそう思うたからこそ、我らに告げに来たのではないのか」

三成が家政に言う。

「何やらわからぬが不安で胸が騒いだ。今、佐吉の言を聞いて、その原因がわかった」

「御屋形様が松寿丸を殺せと……」

「殿はご承知あそばされたのか」

清正、正則が誰に言うともなく言い、

「あの御屋形様じゃ、殿も抗《あらが》われるわけにはいくまいて」

家政が気だるく言うのに、

「では、松寿丸はどうなる」

正則が食ってかかる。

三成は黙っていた。

だが黙っているからと言って、松寿丸の処刑を受け入れたわけではない。

官兵衛殿が、殿を裏切るわけがない。仮に、仮に、万が一、そのようなことがあったとしても、松寿丸に何の罪があるというのか。

これがもし、全く面識のない少年の身に起こったことなら、乱世の世の習い、気の毒だが致し方ない。で済ませたかもしれない。

でも、松寿丸だ。いつも、自分の話を興味深く聞いて、時に質問し、答えてやると、憧れと尊敬の目で自分を見た。かわいくも思い、愛しく感じた。

その松寿丸が殺される。

黙って見ていられるはずがないではないか。

三成は立った。

他の三人も、ほぼ同時に立っていた。

部屋を出て。廊下を駆けた。

厩《うまや》に行き、四人それぞれ馬にまたがり、鞭《むち》を入れた。

（七）

竹中半兵衛は、紅葉した山々を眺めながらゆっくりと馬を進めていた。前に松寿丸を抱くような形で一緒に馬に乗せている。従う者は騎馬武者《きばむしゃ》二騎と徒歩《かち》が三人、領地の美濃へ向かっていた。

安土で秀吉は、半兵衛に、

「御屋形様から松寿丸の処刑を命ぜられた」

と言った。だからどうしろとは言わない。言わないが、半兵衛に、お前が殺せと言っているも同じだ。

半兵衛は無言で秀吉の顔を見つめ、頷いた。

そのまま馬に乗り、長浜へ向かい、おねに挨拶もそこそこに、松寿丸を連れ出した。

松寿丸には、

「事情があって、わしの領国に移ることになった」

と言った。おねに挨拶をと言うのに、

「寂しがられる故」

と急ぎ連れて来た。

賢い子だ。何かあると感じたのだろう。緊張した面持《おもも》ちで半兵衛を見つめた。しかしまた、人質となるにあたって、父親の官兵衛から万一の時の覚悟をよく言い含められてきたのだろう。抗うことなく素直についてきた。


半兵衛は、松寿丸を殺すつもりはない。

実は、半兵衛は自分の寿命がもうすぐ尽きると感じている。生来《せいらい》病弱だったが、ここのところ頓《とみ》に体調が良くない。

もう、長くはない。

そう覚《さと》った時、己《おのれ》亡き後、自分に代わり秀吉のそばで軍配を取るのは、官兵衛をおいて他にはいないと思う。

官兵衛は絶対に秀吉を裏切らない。

なぜなら自分と同じように官兵衛も、この乱世を終わらせ戦のない世を築くのは秀吉だと信じているだろうから。

官兵衛は秀吉のもとへ絶対に帰って来る。その時のために、松寿丸は、何としてでも守らねばならぬ。

と、自分の領地である美濃の不破《ふわ》に匿《かくま》うべく連れて来た。

信長の命令に、秀吉は従い、半兵衛に松寿丸殺害を命じた。だから、信長の命《めい》に背くのは秀吉ではなく、半兵衛だ。

半兵衛は、自分が全責任を取る覚悟だ。

松寿丸を抱くようにして、ゆるゆると馬を進める半兵衛の肩に、どこからか紅葉が一葉《いちよう》舞い落ちた。

（八）

馬を走らせながら、三成は考えた。

半兵衛殿は、本当に松寿丸を殺すおつもりなのであろうか。

半兵衛も官兵衛が裏切ったなどと思っていないと三成は信じる。その半兵衛がいくら信長に命ぜられたとはいえ、十一歳の子供を殺せるとは思えない。半兵衛殿のことだ。何か策を考えておられるに違いない。

そうだ。そうに違いない。

無理にでもそう信じ込もうとした。

前を行く、清正の

「縁起《えんぎ》でもない」

と言う声に、三成が前方をみると、葬儀の列が近づいてくる。三成たち四人は、端《はし》により道をあけた。

葬列とすれ違う時に、

「まだ、九つなのに」

と言う声が聞こえた。

死んだのは、子供なのか。

三成はぼんやりと葬列を見送った。

「こんな時に子供の葬列に会うなんて、縁起の悪い」

今度は、正則が怒っている。

皆、松寿丸の身に迫る、死の影を思うのだろう。

その時、
はっ
三成の頭に、ある考えが浮かんだ。

身代わり。

今の葬列の遺体を、もらい受け、その首を打って松寿丸の首として御屋形様に差し出せばよい。御屋形様は、松寿丸と一度しか会っていないはずだ。身代わりの首でもわからない。

「どうした、佐吉」

自分の考えに、興奮した三成の様子をいぶかって、家政が声をかけた。

「身代わりだ」

「え、何だと」

家政が訊き返す。清正、正則も三成を見た。

「今の葬列。死んだのは九つの子供だ」

「それがどう……、あ、そうか」

家政が叫び、清正、正則の顔がぱっと明るくなった。

四人は、葬列を追おうとした。


「待て」

突然の声に四人が一斉に振り向くと、そこに半兵衛が厳しい顔で立っていた。少し離れた木につないだ馬には松寿丸の姿があった。

「おぬしら、何をしようしている」


三成は、松寿丸を助けようと半兵衛一行を追ってきたこと、今すれ違った葬列で死んだのが九つの子供だと知り、身代わりにしようと思ったことなど、包み隠さず話した。

黙って聞いていた半兵衛が、大きく溜息をついた。

「で、遺体はどうやって手に入れるつもりだ」

「葬列に追いつき、頼んでもらい受けようと」

「どう言って、頼むつもりだ」

「それは……」

「子を失った悲しみの中、見ず知らず者に大切な子供の身体、渡してくれると思うか」

「金を与えます」

「金で渡すとは思えんがな。それに、おぬしらが遺体をもらい受けたことが、御屋形様の耳に入ればどうなる。類は殿にまで及ぶのだぞ」

「……」

三成は返答に詰まった。

半兵衛の言うとおりなのだ。三成をはじめ四人は半兵衛の前に項垂《うなだ》れた。

だが、松寿丸の命がかかっているのだ。簡単には引き下がれない。

「では、松寿丸はどうなるのですか」

精一杯の抵抗を試みる。

「乱世の習いじゃ。松寿丸も幼いながら覚悟はできておる」

四人の顔色が変わるのに気づかぬ態《てい》で半兵衛は、一呼吸置き続けた。

「と言うても、おぬしらは納得すまいな」

四人が一斉に、勢いよく頷く。

半兵衛は、

「松寿丸は、幸せ者よ」

愉快な溜息をつき、

「わしに任せよ。悪いようにはせん」

四人を一人一人見て言った。

「信じてよいのですね」

三成が念を押す。

「わしを誰だと思うておる。竹中半兵衛じゃ。策はある」

半兵衛はそう言って、さわやかに微笑《わら》ってみせた。

（九）

日がずいぶんと傾いた。

四人の若者を何とか納得させて帰したあと、半兵衛一行は、また美濃へ向けてゆるゆると馬を走らせた。

一見、物見遊山《ものみゆさん》のような、のんびりした歩みは、出発時と何ら変わってはいない。

だが、何かが違う。よく見ると、一行の人数が変わっている。

騎馬二騎は変わらないが、徒歩が一人だけになっている。長浜城を出て来た時より二人減っているのだ。

それはいったい、どういうことなのか。


実は、三成たちが出くわした葬列に、半兵衛一行も出会っている。当然のことに、出会ったのは、三成たちより前だ。

葬列に出会って、死んだのが九歳の子供だと知った時、半兵衛も、三成と同じことを考えた。

身代わり。

子供の遺体を手に入れて、松寿丸の身代わりにする。

ただ、違うのは、遺体の取得方法だ。

三成は、子供の遺体を交渉してもらい受けようと考えた。こじれれば金を渡すことも。

だが、半兵衛は違う。交渉などしない。

子供の遺体など、簡単に渡してくれるはずがない。金を与えたとしても同じことだ。よしんば渡してくれたとしても、そんな変わった申し出が、近在の村々の話題にならないはずはない。

当然噂になり、信長の耳に入る。

それが何を意味するか、わからぬ信長ではないのだ。

松寿丸は生きている。生きてどこかに匿われている。

必ず探索の手が伸びる。

では、どうするか。

半兵衛は考えた。

葬列を尾行して、墓のありかを突き止め、夜、密かに掘り出し、首だけ頂戴《ちょうだい》して、埋め戻す。

墓を暴くなど、普通の人間が考えることではない。だが、半兵衛は、いとも簡単に思いついた。

案が浮かんだ後、半兵衛は、五人全員で折り返し、葬列を追い抜いて進み、ある程度行ったところで止まり、徒歩二人に指示を与えて、葬列をまた先にやり過ごし、そしてそれを追わせ、報告を待っていた。

そこに、三成たちがやって来たのだ。

若い三成たちの軽挙《けいきょ》を止められたことは、幸運だった。

あのようなことをやられたら、噂《うわさ》になり、すぐに御屋形様のお耳に入り、あの四人、ただでは済まぬ。

目の付けどころは良いのだがな。

半兵衛は、溜息とともに心の中でそう呟き、それに続けて、
やはり、三成殿は誠実すぎる。

と、愛おしげに微笑んだ。

（十）

その後、松寿丸は半兵衛により処刑され信長による首実検が行われた。

だがそれはもちろん、表向きであり、その実は、半兵衛の領地で密かに匿われた。

松寿丸は殺されてはいない。実は、生きている。

そのことは誰にも知らされなかった。

おねは松寿丸の死を嘆き悲しみ、半兵衛を責め、目通りを禁じた。秀吉ともろく

に口をきかなくなった。

三成たちにも半兵衛から何も告げられていない。ただ、あの時の、

「策はある」

という半兵衛の言葉を信じるしかない。

三成は、その言葉にすがり続けた。

家政、正則、清正も、同じ気持ちだったはずだ。

結局、三成は何もしていない。何もできなかった。

これは、
機会さえ与えられれば、自分はできる。

自らをそんな自信家に作り上げてから、三成が最初に味わった、挫折《ざせつ》だった。

これより一年の後、天正七年十月、有岡城が陥落《かんらく》。幽閉《ゆうへい》されていた官兵衛が助け出される。やはり官兵衛は、織田を裏切ってはいなかった。

官兵衛救出の報《しら》せに、信長は慌てたが、松寿丸が生きていることを知り、ほっと胸を撫《な》で下ろしたという。

信長も大したものだ。

気まずさから秀吉や半兵衛を命令違反で咎《とが》め立てするというようなことは、なかった。

官兵衛は事情を知り、半兵衛に感謝した。何を置いても半兵衛のもとに飛んで行って、礼が言いたかっただろう。しかし、それは叶わぬことだった。

なぜなら、半兵衛はその時既に、この世の人ではなくなっていたからだ。

竹中半兵衛重治、天正七年六月十三日、三木城攻め陣中にて病没《びょうぼつ》。病名は、肺結《はいけっ》核《かく》とも肺炎《はいえん》ともいわれている。享年《きょうねん》三十六。

半兵衛の死後も、事情を知る竹中家のわずかな家臣たちによって松寿丸は守られ続けた。

そして、官兵衛救出後、人質を解《と》かれ、姫路《ひめじ》へと帰って行った。

山々はこの年も、見事に紅葉していた。

第四章

三成の恋

――微笑みの名残

（一）

花冷《はなひ》えという言葉がある。

桜の咲く頃に、まるで過ぎ去ったはずの冬が名残《なごり》を惜しんで戻って来たかのように冷え冷えとした天候を表す言葉だ。

天正《てんしょう》六年三月のある日。

この日の長浜は、まさにその花冷え。午前中に降った雪が昼になっても、五分《ごぶ》咲きの桜の枝に残っていた。

石田三成《いしだみつなり》は数日前に、中国攻めの陣中から、兵糧《ひょうろう》の運搬《うんぱん》のため、大谷吉継《おおたによしつぐ》とともに長浜へ戻って来ていた。

こちらでの仕事も済み、明日は戦場《いくさば》へ出発するつもりだ。

午前中に、蔵屋敷での荷出しの指示を終えた三成は、いったん拝領屋敷に帰った。

門をくぐると供をしてきた若党《わかとう》の嘉助《かすけ》が、勝手場の方に駆けて行き、

「お帰りだ」

と、女中《じょちゅう》のおもよに知らせる。そして、濯《すす》ぎの用意に井戸端《いどばた》に走る。玄関で、

「お帰りなさいませ」

と、出迎えたおもよが、嘉助の運んで来た桶《おけ》の水で三成の足を洗い、奥へと従う。

「お着替えはなさいますか」

「いや、少し休んでから、御殿《ごてん》に上がる故《ゆえ》、このままでよい」

「ではお茶をお持ちしましょうか」

「少し腹が減っておるのだ」

「あら、お珍しい。お餅《もち》でよろしゅうございますか」

「ああ、頼む」

おもよが台所に下がり、ほどなく、焼いた餅を二個、皿に載せて持ってきた。その様子が、なんとも嬉しげだ。

「おもよも、母上やとみと同じように、私がものを食べるのが、よほど嬉しいと見える」

三成がおもしろそうに言った。

三成は、子供のころから胃腸が弱く、しょっちゅうおなかを壊していた。それ故かどうか、食が細かった。

だから、たまに、三成が自分から食べ物を欲すると、母親も女中頭《がしら》のとみも、嬉々《きき》として三成の好物を用意してくれたものだ。

おもよは、そのとみの娘だ。三成が元服《げんぷく》して屋敷を拝領した時、三成自ら希望して、若党の嘉助とともに、石田村の実家からもらい受けた。

三人は石田の家で一緒に育った、いわば幼馴染《おさななじみ》。気心は知れている。というより、一つ年上のおもよは、三成にとって姉のような存在でもあった。

「お出しした御膳《おぜん》のものが無くなっておりますと、本当に嬉しゅうございます。まして や、ご自分から何かを食べたいと仰《おお》せられれば、もう……」

おもよが満面の笑顔で応える。

「おやおや、おもよにとって私は、未《いま》だに石田村の頃の佐吉《さきち》のままと見える」

三成がからかうように言うと、

「そんなことはございません。若様はご立派におなりです」

おもよがむきになる。

「そうら、語るに落ちたぞ、おもよ。やはり、おもよにとって私は『若様』なのだな」

三成が笑った。

「あれま、どういたしましょう。つい昔のくせが出てしまって。だんな様を若様などと。申し訳ございません」

おもよが小さくなって詫びると、

「よいよい。私も、おもよに『だんな様』などと呼ばれると、尻の辺りがもぞもぞするわ」

三成は実に楽しそうに笑った。

「まあ、若様ったら」

おもよも照れたように笑う。

しばらく二人して笑い合った。

ふと、三成がおもよをみると、おもよが笑いながら、そっと涙をふいた。笑いすぎて涙が出たというのとは違う。泣いているのだ。と言って、もちろん哀《かな》しくて泣いているのではないようだ。

「どうした」

三成が真顔に戻り、訊《たず》ねる。

「嬉しいのでございます」

「おいおい。おもよは私が自らものを食べたいと言うただけで泣くほど喜ぶのか」

三成がまた笑った。

「それだけではございません」

「うん？」

「若様がこのようにお笑いになるのは、何年ぶりでございましょうか。ああ、若様が笑《わろ》うてなさる、そう思うたら、嬉しくて思わず涙が出たのでございます」

「そんなことは……」

ない。

三成は否定しようと思ったが、できなかった。長浜へ来てから、いや、もっと前、長兄《ちょうけい》が亡くなってから、おもよの前でも心から笑ったことはなかったような気がする。今、おもよに言われて気がついた。


自分が風邪《かぜ》を伝染《うつ》したせいで病弱の長兄を死なせてしまった。

そう思い込んだ三成は、羽柴秀吉《はしばひでよし》への出仕が決まった時、兄上の分も世のため人のために役に立つ人間になろう。

そう決心して、長浜へ来た。

約二年、秀吉の手もとで小姓《こしょう》として仕《つか》えながら、様々なことを覚え、修行した。我ながらかなりの仕事ができるのではないかと思えるほどになって、元服して屋敷を拝領。さて、これから一人前の働きをと張り切ったが、なかなか本格的な仕事は与えられなかった。ほぼ同時に小姓を終えた、福島正則《ふくしままさのり》、加藤清正《かとうきよまさ》が、早々と初陣《ういじん》を手柄《てがら》で飾り、戦《いくさ》ごとに目覚《めざ》ましく活躍するのを横目で見ながら、自分に与えられる兵糧の計算や調達の手伝いを、溜息《ためいき》が出る思いでやっていく毎日だった。

三成と正則や清正とでは、性格や得意分野がまるで違う。それに彼らは秀吉と同じ尾張《おわり》の出。近江《おうみ》生まれの三成は、なんとなく対抗心があり、悩みや弱みを素直に見せられなかった。

去年の秋、大谷吉継が秀吉に召《め》し抱《かか》えられ、三成の前に現れるまでの間、与えられる仕事への不満、正則や清正に遅れをとる焦《あせ》りなど、誰にも話すことができず、自分の心の中に溜《た》めこみ悶々《もんもん》とする日々が続いていた。

それをおもよは感じ取り、心配してくれていた。三成には何も言わず、ひとり気をもんでいたのだ。

愛《いと》しい。

おもよに対して、初めての感情だ。

いや、おもよに限ったことではない。女性に対しての初めての思いが三成の心に宿った。


吉継と再会してから、三成は徐々に明るく元気になっていった。

人間、心に溜めこんだ愚痴《ぐち》や不満を吐き出す場が出来ることは、健全な精神を保つ上でかなり重要らしい。

それに加えて、三成に、秀吉軍の兵站一切《へいたんいっさい》が任された。

これでようやく三成は、自信と誇りをもって、自分の仕事にあたることができた。


「心配をかけたな」

三成は短い言葉に精一杯の感謝を込めた。

「いえ」

おもよが俯《うつむ》く。

項《うなじ》が今朝降った雪のように白い。

たまらず三成は、おもよに近づき、しっかりと抱きしめた。

「頼りない主《あるじ》で、すまぬな」

耳元で囁《ささや》く三成に、おもよは激しく頭《かぶり》を振った。

三成の腕にいっそうの力が込められる。

おもよは身体《からだ》を固くしただけで、抗《あらが》わなかった。

「おもよ……」

「若様……」

庭で、五分咲きの桜の枝に積もった雪が、
ドサッ
地面に落ちた。

（二）

長浜城内の北端《ほくたん》に、家臣団《かしんだん》の拝領屋敷が並んでいる。三成の屋敷はその中央よりやや西、三の丸と濠《ほり》を隔《へだ》てた所にあった。そこから本丸御殿へ向かうには、東から南へと行き、大手門《おおてもん》付近から西へと回る。御城内《ごじょうない》とはいえ、ずいぶんの距離がある。

寒さの緩《ゆる》んだ昼下がり、三成は、本丸御殿への道をゆっくりと歩いていた。

つい先ほど、三成は、おもよを抱いた。十九歳。当時としてはかなり遅い初体験だ。

未だ興奮は醒《さ》めやらない。

唇《くちびる》を重ね、身体を重ね合うことで、今まで気づかなかった、おもよへの愛、愛しさがあふれ出た。

自分はこれほどまでに、おもよを思っていたのか。

三成は、自分の気持ちに驚いている。

また一方で、たまらなく気恥ずかしい。

すれ違う人々の全てが、自分が何をしてきたか、知っているような気がして、顔を上げて歩けない。俯き加減に、知らず知らずに早足になってしまうことに気をつけながら、無理にでも、ゆったり、ゆっくりと歩くように努力した。

「佐吉」

知らぬうちに後ろに来ていた大谷吉継に声をかけられ、

「えっ、ああ、なんだ、紀之介《きのすけ》か」

ドギマギとする三成に、

「どうした。そのように慌《あわ》てて」

吉継が訊ねる。

「え、別に慌ててなどおらぬ」

三成は、体勢を整えようとするが
「ま、よいわ。声をかけられるまで気づかぬほど、心奪われる何かがあったというところか」

吉継の言葉に、

「ああ、兵糧の事をな、運搬経路などを、ちと考えておったのだ」

喉《のど》がカラカラに乾くのを感じながら、乗った。しかし、言いながら、
こいつ、何か気づいたのではないか。

そう思えて、落ち着かない。

そのまま二人並んで歩いたが、本丸御殿への道のりが、いつもよりよほど長く感じる三成だった。

結局その日の三成は、御殿でおねに目通りしても、そんなことはあるわけはないのだが、一刻《いっこく》ほど前に、自分が何をしていたか、おねに見透《みす》かされているような気がして、落ち着かず、早々に退出した。

屋敷に帰っても、何か勝手が違う。夕餉《ゆうげ》の給仕《きゅうじ》についたおもよと、ろくに口もきかない。それどころか、目を合わすこともできず、夕餉が済むと早々に床《とこ》に入り、翌朝早く、戦場へ出立《しゅったつ》した。

（三）

三成が出かけた後、おもよは一人、台所で洗い物をしていた。若党の嘉助は三成の供をするので、屋敷にはおもよ一人が残る。

若様……。

昨日の出来事は、おもよにとって青天の霹靂《へきれき》と言ってよかった。

驚きだった。

若様があのようなことをなさるとは……。

しかし、不快ではない。

むしろ喜びに近い思いだった。いや、喜びだった。嬉しかった。

おもよは、三成よりも一つ年上。子供の頃は、今は若党となった嘉助と三人で一緒に遊んだものだ。嘉助も三成と同い年でおもより一つ年下。加えて、子供の頃は男の子よりも女の子の方が精神的にも肉体的にも成長が早い。だからおもよは、二人の姉的な存在で、いろいろと面倒をみたというところだろうか。

二年前、長浜へ来た時も、
若様のお世話をして差し上げる。

という気持ちだった。

羽柴家の侍として屋敷を構える身となった三成も、おもよの目には、昔と変わらぬ若様だった。

一方、それとは矛盾《むじゅん》するようだが、一人前の侍になった三成は、おもよには誰にも引けを取らないほど立派に見えた。自慢だった。

うちの若様、いや、うちのだんな様。

おもよは、誇らしく三成を見つめていた。

だが、しばらくすると、三成の態度が気になりだした。何がどうと、言葉には出来ないのだが。おもよには、三成が何か悩みを抱《かか》えているように思えるのだ。

四年前、長浜へ出発する前の日、三成が、おもよに、

「亡くなられた兄上の分も、世のため人のために役に立つ人間になる」

宣言するように言った横顔は、なんとも頼もしく清々《すがすが》しかった。

ああ、もう大丈夫だ。若様は立ち直られた。

そう思い、安心して送り出した。

だから、長浜へ来て、その信念のもと一心に秀吉に仕える三成を、どこまでも支えていこうと、三成の身の回りの世話から、侍の家同士の付き合いなど奥向きの仕事を懸命にこなした。まだ若いおもよにとって、それは大変なことではあったが、

若様の、お役に立っている。

その思いは、おもよにとって何よりの喜びだった。

しかし、日が経つにつれて、おもよに気がかりなことが出来た。

三成の元気が、だんだんと無くなっていくのだ。

自信に満ちていた三成の態度に、とまどいと焦りが見られるようになったのは、加藤清正、福島正則の戦での手柄話が噂されるようになった頃からだった。

加藤様や福島様が戦で手柄を立てられても、それはいわば匹夫《ひっぷ》の勇《ゆう》、うちの若様、いや、だんな様はもっとずっと大きくなるお方、何を気にすることがあるものか。

おもよの信念は揺るぎない。

しかし、当の三成はいろいろと思い悩んでいるらしい。

当たり前の話だが、三成はおもよには何も言わない。でも、おもよにはわかるのだ。

できることなら、自分の信じるところを縷々《るる》述べて、勇気づけたい。励ましたい。でも、女中が、奉公人《ほうこうにん》が、そんなことできるはずもない。

おもよは、ただ、三成の寂しげな背中をじっと見つめるだけだった。

去年、大谷吉継が現れてから、三成は日々、元気を取り戻していくようだった。

おもよはほっと胸を撫《な》で下ろした。吉継に心の中で手を合わせるほどに感謝した。

良いことは重なるもので、三成に何やら重要な仕事が与えられたらしい。

三成の顔と身体に生気《せいき》が戻った。

以前より戦場へ出向くことが多くなり、留守がちになり、それはそれで、身体を壊しはしないか、怪我《けが》をしないか、などなど、心配は尽きないが、生き生きとした三成を見ることは、おもよの生きがいだ。

そして昨日、三成はおもよを相手に軽口《かるくち》をたたいて笑った。

おもよは嬉しかった。

ああ、若様が笑うてなさる。
そう思って涙が出た。
それを見て三成は、愛しく思ったのだろうか、抱き寄せられて、ああなった。
あれは、若様にとって、
一時《いっとき》の気まぐれかもしれない。
それならそれでもいい。
身に過ぎたことは望まない。
自分は若様のために、これからも誠心誠意お仕えする。これから先も、何も変わることはない。

おもよは、潔《いさぎよ》かった。


それにしても若様は……。

夕餉の時の三成の態度を思い出し、おもよは苦笑した。

ドギマギと、私とまともに目を合わすこともおできにならなかった。

かわいい。

苦笑が微笑《ほほえ》みに変わった。


洗い物を終えたおもよは、今朝琵琶湖《びわこ》の漁師から贖《あがな》ったニゴロブナの内臓をとり、腹に塩を詰め始めた。

鮒《ふな》ずしは三成の数少ない好物の一つだ。

去年漬けた分は、先月、最後の一尾《いちび》を食べ終えた。

また、秋には召し上がっていただける。

桶一杯の鮒を前に黙々と作業を続けるおもよの手が、ほのかに赤みを帯びていた。

（四）

尾藤頼忠《びとうよりただ》という侍がいる。かつては武田《たけだ》氏に臣従《しんじゅう》していたが、長篠《ながしの》の戦いの後、秀吉に仕えていた兄・知宣《とものぶ》を頼って長浜に来て、秀吉の弟・羽柴秀長《はしばひでなが》の家臣になった。

その奉公ぶりは可もなく不可もなく、ごくごく普通だ。

その頼忠には歳の離れた二人の娘があった。

上の娘は、十五年も前に、当時武田氏にともに臣従していた真田昌幸《さなだまさゆき》に嫁がせていた。既に、十五歳の長女、十四歳の長男、十三歳の次男がある。

下の娘は、今年十六歳になる。晩《おそ》くに出来た子供で、孫と変わらない歳だ。男親の誰しもが年老いてからの娘は格別にかわいく思うらしい。頼忠は目の中に入れても痛くないほどに、この娘をかわいがった。

その娘は名を、うたという。

十六歳、当時としては適齢期。嫁入り先を考える年頃だ。

武田と織田《おだ》が同格とすると、織田の臣《しん》である秀吉の、そのまた弟に仕えるということは、自らの格を一つ、またはそれ以上、下げたことになる。

嫁入り先の格も、上の娘のそれよりも下になることは、やむを得ないことだ。

それでも、その中でもできるだけ、良い縁を結んでやりたい。

また、頼忠はできることなら、うたを身近に置いておきたいと思う。そして、相手には出世してもらえるに越したことはないが、それよりも安定を願う。出世のために手柄を立てる機会が多い最前線の槍《やり》働きより、生命《いのち》や怪我の心配が少ない後方の兵站を任された者の方が安心だ。


頼忠は、愛娘《まなむすめ》の相手に三成がいいと考えた。

三成ならば、秀吉のおぼえもめでたいし、何よりも、真面目で浮いた噂一つない。

うたの相手は石田三成殿。

頼忠は、ひとりそう決めていた。


凡庸《ぼんよう》な頼忠も、愛する娘のためだと思えば、行動は早かった。

まず、秀長に申し出て、秀吉に目通りを許された。秀長に伴われて秀吉の前に出た頼忠は、三成に娘・うたを娶《めあわ》せてくれるように頼んだ。

毛利《もうり》攻めの最中だ。家臣の縁談の世話をしている時かとも思うが、百年この方《かた》戦時でない時はなかった。戦時だなんだと言っていたら、独り者だらけになってしまう。

秀吉は三成を選んだ頼忠に悪い気はしない。だが、うたなる娘がどんな娘か、それがわからないでは話にならない。

「うたをおねのところに遊びに来さすがよい」

秀吉は、おねにうたの人となりを見定めさせることにした。

（五）

自分のいないところで、そんな縁談が起こっていることなど露《つゆ》も知らない三成は、戦場と長浜の往復の生活を続けていた。

あの後、次に帰って来た日の夜、三成はおもよを寝所《しんじょ》に呼んだ。

その後、帰って来るごとに、おもよと床を共にした。

最初は、営みの後、おもよと口をきくこともできなかった、それどころか、おもよの顔をまともに見ることさえできなかった三成だが、だんだん慣れて、それらしい振る舞いができるようになっていた。

おもよも決して奉公人の分は越えてはいないが、三成の身の周りの世話や奥の取り仕切りが以前に比べ、より細やかに気遣《きづか》えるようになっていた。

そして季節は夏になった。

順番はどうすればいいか。

三成は考え始める。

おもよを嫁にもらう許しを得る順番だ。

殿様か、石田の家か。

石田の家でも、父上か、おもよの母親のとみか。それとも奥のことだから母上か。

嫁をもらう許しは、殿様だと思う。

でも、それは、おもよをもらうと決まってからではないか。

うーん、どうする。

「どう思う？」

朝、蔵屋敷への道すがら、三成は、思い切って吉継に相談した。

相談された吉継は、

「本人には言うたのであろうな」

念を押すように言う。

「いや、まだだ」

「ったく、お前は……、まず本人に言う。そして石田村に帰り、父上、母上、そして相手の母親同席の上で話をする。それから殿にお許しを願う」

「そうか、それでよいのか」

「明日、国友村《くにとも》へは俺一人で行く故、お前は、石田村へ行け」

「いいのか」

「お前の事だ。正式に妻として迎えるつもりであろうが。であれば、人生の重大事。気にするな」

「では、そうさせてもらう」

「うむ。がんばれ。で、今宵《こよい》、言うのだぞ」

「ああ」

三成の返事は、どこか頼りなげだ。

こいつ大丈夫か。

というように、吉継が大きく溜息《ためいき》をついた。

二人が歩いて行く先に広がる琵琶湖に、番《つが》いと思《おぼ》しき二羽のカイツブリが並んで浮かんでいるのが見えた。

（六）

湖面が夕日に映《は》えている。

その夕日に背を向ける格好で、吉継は三成と、朝来た道を帰って行く。

並んで歩く三成に、吉継はかける言葉が見つからない。

朝二人が蔵屋敷で荷出しの指示監督を終え、本丸御殿に行くと、待っていたように、三成に呼び出しがかかった。御座《ござ》の間《ま》に伺候《しこう》すると、戦場から一時帰国した秀吉が待っていた。横におねもいる。

二人ともニコニコと上機嫌だ。

「お呼びでございますか」

三成は、部屋の前で跪《ひざまず》いた。

「お、佐吉、来たか。早《はよ》う入ってまいれ」

「失礼いたします」

三成は部屋に入り平伏《へいふく》した。

「佐吉は確か、今年十九になるのでしたね」

おねが優しく言う。

「はい。さようにございます」

「何、十九とな。早いものじゃな。ここへ初めて来た時は、まだ元服前であったに。おね、我ら歳をとるはずじゃのう」

「ほんにさようでございますなあ。ところで十九といえばもう一人前、嫁取りなど考えねばなりますまい」

「おお、それじゃ。佐吉、お前、好きな女子《おなご》はおるのか」

秀吉の問いかけに、

「おりまする」

三成は、自分でも驚くほどキッパリと答えていた。

三成のその答えは、秀吉も、おねも、予想していなかったものだったに違いない。

「うっ……」

秀吉は一瞬言葉に詰まり、おねは驚いた様子で三成を見つめた。

「それはどこの娘子《むすめご》ですか」

気を取り直したおねが訊《き》く。

三成はおもよのことを話した。

三成の話を聞き終えて、おねは、

「なんとまあ」

と当惑したような声を上げ、

「困りましたね」

と、秀吉を見た。

「なんの困ることがあるものか、家中《かちゅう》の侍の娘ならまだしも、奉公人だ。何とでもなるわ。暇《ひま》を出すもよし、また出さずとも、尾藤の娘も手つきの女中一人くらい使いこなせぬようでは侍の女房は務まらん」

「ですがお前様……」

「うたなら、佐吉と似合いの夫婦になると、お前が言うたのではないか」

秀吉は強引だ。

「城持ちの真田と親戚になるのじゃぞ」
秀吉がこの縁談を勧める最大の理由がそれらしい。三成と信州上田《しんしゅううえだ》に城を持つ真田が親戚になれば、織田家にとって何かと都合がいい。ということは秀吉にとっても、もちろん、三成にとっても都合がいいのだ。

結局その日は、三成は断ることはできなかった。
その日は、断ることはできなかったが、このまま承知するつもりはない。
折を見て、奥方様にお願いしよう。
そう考えて、退出した。

後で三成から話を聞いた吉継は、
おもよに話をしないうちでよかった。
と思った。
たぶん、いや、絶対に三成は押し切られる。秀吉は何が何でもこの縁談をまとめようとする。秀吉にはこの縁談を断ろうとする三成を理解することはできないだろう。秀吉に言わせれば、おもよをかわいく思うなら、今のままの関係を続ければいい。

でも、こいつにはできない。

吉継は、並んで歩く三成の横顔をじっと見つめる。

そうするには、三成は律義《りちぎ》すぎる。

そして、おもよもそういう三成のことを十分に承知しているのだ。

ということは、どうなるか。

どう考えても、おもよにとって幸せな結末になるはずがない。

かわいそうに。

吉継は、まめまめしく三成の世話をするおもよの姿を思い浮かべた。

（七）

屋敷に帰った三成は、普段と同じように振る舞った。いや、そうしたつもりだった。

しかし、根が正直な三成だ。

「何かお心にかかることがおありですか」

おもよが訊《たず》ねた。

「いや。別に……。心配せずともよい」

「はい」

おもよは何かあると気づき、三成はおもよが気づいたことを知った。

が、お互い、それ以上は何も言わない。


城内に暮らしているのだ、三成の留守中、尾藤うたとの話がおもよの耳に入ることは十分考えられる。そんなことがわからぬ三成ではない。またそれが耳に入った時のおもよの気持ちを思えば、三成の口から話してやるべきだ。おもよを妻にするという気持ちが揺るぎないなら、それを話して安心させてやらなければならない。

でも、三成にはできなかった。

ただ、三成は、おもよを抱きしめ、もう一度、

「心配せずともよい」

自分自身に言い聞かせるように言うのだった。


翌朝早く、吉継が三成の屋敷に顔を見せた。

「話したか」

玄関先で前置きなしに性急に訊ねる吉継に、

「いや」

三成は、短く答えた。

「やはりな、で、どうする。石田村へは」

「まずは、昨日の話をお断りしてからだ」

「お断りするのだな」

「ああ」

「では、今からでも」

「いや、殿は明日発《た》たれる。我らが次に帰って来た時に、奥方様にお話し申し上げようと思う」

ああ、これは駄目だ。

吉継は、内心、頭を抱えた。

今の三成の気持ちに嘘はないと思う。

断る。

という揺るぎない信念のもと行動するだろう。

だが、相手はあの秀吉だ。強引に押し切られるのが目に見えている。
秀吉に抵抗するただ一つの手立ては、
「おもよと夫婦《めおと》になる」
と、泣き叫ばんばかりに主張することだ。
しかし、
とうてい、こいつには無理。
なのである。
無理だ。
そう見限った吉継は、
「そうか、秀長様のご家来、尾藤殿の娘子との縁談、断るか」
わざと少し大きな声で言った。
吉継は、その後、自分の背中に注がれていた視線が、
すうっ
と、消えていくのを感じた。
許せ。
吉継は、おもよに、そして目の前にいる三成に詫びた。

だが、尾藤殿との縁、いや、信州真田との縁は、きっとお前に益を齎《もたら》す。

三日後、仕事を終えて三成は戦場へと出立した。

前の日おもよは、春に塩漬けした鮒を洗い、飯を詰めていた。

「今年はちと早いな」

三成の言葉に、おもよは顔を上げて微笑んだだけだった。

その微笑みが妙に、三成の心にかかった。

そして、三成が次に帰って来た時、屋敷のどこにもおもよの姿はなかった。

第五章

清濁

――本能寺の変異聞

（一）

名も知らぬ池のほとりにカキツバタがぽつんと一輪《いちりん》咲いている。水面《みなも》を渡る薫風《くんぷう》が、初夏の高い太陽に照らされて、汗ばんだ身体《からだ》に何とも心地よい。

天正《てんしょう》十年四月下旬、石田三成《いしだみつなり》は、備中《びっちゅう》高松城を囲む羽柴秀吉《はしばひでよし》の陣をひとり離れて、安土《あづち》への道を急いでいた。

三月十五日に姫路《ひめじ》城を発《た》った羽柴秀吉の軍二万は、途中、宇喜多《うきた》氏の一万を加え、三万の大軍で備中に入った。

目指す高松城は当時としては珍しい低湿地を利用した平城《ひらじろ》で、城主・清水宗治《しみずむねはる》が五千の城兵とともに立て籠《こも》って容易に落ちなかった。

毛利輝元《もうりてるもと》率いる四万の援軍が迫りつつある。

秀吉は、主《あるじ》・織田信長《おだのぶなが》に援軍を乞うことを決め、援軍要請の文《ふみ》を認《したた》め、三成を使者に立てたのだ。

安土に到着した三成は、城へ上がり、取次《とりつぎ》の者に秀吉からの書状を渡し来意を告げると、少し待たされ、意外にも奥へと通された。

広い座敷の一番下座《しもざ》にちょこんと座り、ここでも少し待っていると、やがてはるか上座《かみざ》の方の襖《ふすま》が開き、信長が入って来た。三成が平伏《へいふく》すると、

「猿め、手こずっているようだな」

独り言のような声が聞こえ、三成が返事をする間もなく、

「文にも書いたが、一日も早《はよ》う落とせと伝えよ」

そう言う声がしたかと思うと、すぐに出て行く気配がした。そして三成が頭を上げると、そこにはもう、信長の影も形もなかった。

その後三成は、取次の者から書状を渡され城を出た。

役目は果たせたのだろうか。

三成は、不安な思いで、目の前に広がる琵琶湖《びわこ》を見つめた。

自分は援軍を求めにやって来たのだ。その旨《むね》が書かれた秀吉の書状を持参し、口頭でも取次の者に伝えた。

しかし、御屋形《おやかた》様は援軍のことは何もおっしゃらなかった。

どうか文には、

援軍を送る。

と、書いてありますように。

三成は祈る思いだった。

三成の心配をよそに、広い湖面は初夏の午後の日差しにキラキラと輝いて何とも長閑《のどか》だ。

ともかく早く帰陣しなければ。

三成は備中への道を急ぐことにした。

大手門《おおてもん》を出たところで、後ろから、

「卒爾《そつじ》ながら」

と声をかけられた。

振り向くと、三十をいくつか越えたと見える長身の武士が立っている。

「卒爾ながら、羽柴様のご家来とお見受けいたすが」

「はい、羽柴筑前守《ちくぜんのかみ》秀吉が家臣《かしん》、石田三成と申します」

「拙者《せっしゃ》、細川藤孝《ほそかわふじたか》が家臣、松井康之《まついやすゆき》と申す。石田殿は、最早《もはや》、備中へお戻りか」

「はい、これより帰陣いたします」

「さようか。ならば、これを羽柴様にお届け願いたいのだが」

松井が懐《ふところ》から書状を出して、三成に渡す。

受け取った三成が、

「細川様からでございますか」

と訊《たず》ねると、

「いや……」

と口ごもった。

「違うのですか」

「いや……」

どっちなんだ。

三成のいらだちが面《おもて》に出た。年齢が一回りほど上とはいえ、他人《ひと》を見下したような態度も気に食わない。

「主・藤孝から……そう思っていただいてけっこう」

煮え切らない言葉を残して、松井は足早《あしばや》に去って行った。

何なんだ。

三成はしばし、首を傾《かし》げて見送っていたが、渡された書状を信長の書状と一緒に懐に入れ、備中を目指して歩き始めた。

(二)

高松城包囲の陣に戻った三成は、すぐさま秀吉のもとに行き、復命《ふくめい》した。

まず、信長からの書状を渡すと、

「ご苦労だった」

ねぎらった秀吉は、書状を開き、読みながら、

「お言葉は、なかったたか」

と訊ねた。

「御屋形様には、『一日も早う落とせ』との仰《おお》せでございました」

「そうか……うん? 御屋形様は、その方《ほう》にお会いくだされたのか」

「はい」

「そうか……、ということは、ご機嫌は悪くはなかったということか」

秀吉は何やらほっとした様子だ。

援軍はどうなったのだろう、自分はお役目を果たせたのだろうか。

三成が不安な気持ちで、

「私、お役目は果たせたのでしょうか」

恐る恐る訊ねると、

「援軍は、送ると書かれてある」

秀吉は、
安心せい。

とでも言うように、三成に頷《うなず》いてみせた。そして、

「ただし、一日も早う落とせとも書いてある」

大げさに溜息《ためいき》をついて、傍《かたわ》らに黙って控えていた黒田官兵衛孝高《くろだかんべえよしたか》に書状を渡した。

「明智《あけち》殿でございますか」

官兵衛が書状を読みながら呟《つぶや》いた。三成の見るところ、何か不満気に見える。

「ああ、しかも、我らの指揮下に入るのではなく、軍監《ぐんかん》なのだそうな。相談して策を立てよ。御屋形様出陣はその策次第ということらしい」

秀吉が、投げやりに言うと、

「なんと」

官兵衛が書状の先を読み進め、

「うーん」

と唸《うな》った。

「御屋形様はわしより、光秀《みつひで》をずっと信頼しておられる」

秀吉が今度は、小さく溜息をついた。何やら寂しげだ。日ごろ自信に満ちた秀吉を見なれているだけに、三成の眼には意外に映った。

「明智殿が来られる前に、けりをつけなくてはなりませんな」

官兵衛が言い、

「策はあるか」

秀吉が問うた。

放っておいたら、この場に三成がいることも忘れて、二人で作戦会議に入ってしまいそうだ。そうなる前にと三成は、

「帰りがけ、大手門のところで、細川様のご家来の松井康之というお方から、この書状を預かってまいりました」

そう言って、松井から預かった書状を、秀吉に渡した。

「細川殿から書状とな」

さて、何だろう。

そんな様子で受け取る秀吉に、

「それが少々妙なのです」

三成が書状を預かった時の様子を話すと、

「松井といったな。知らんな。官兵衛、知っておるか」

「会《お》うたことはございませんが、名前だけは。元は幕府の奉公衆《ほうこうしゅう》だったと聞き及んでおりまする」

「まあ、読めばわかるか」

官兵衛と言葉を交わしながら、書状を読み始めた秀吉の表情が強張《こわば》り、書状を持つ手が震え、吐く息が荒くなった。

「殿、いかがなされました」

異変に気づいた官兵衛が訊ねる。

官兵衛の声がまるで聞こえていないように、秀吉は書状を読み続けた。

「殿！」

官兵衛の呼びかけと同時に、書状を読み終えた秀吉は、強張った表情のまま、書状を官兵衛に渡す。

渡された書状に眼を落とした官兵衛の表情も見る見る強張った。ひととおり読み終えても、茫然自失《ぼうぜんじしつ》、言葉を発せられる状態ではないようだ。

そして秀吉の息もまだ、荒いままだった。


いったいどうしたというのだ。殿も官兵衛殿もどうされたのだろう。

若い三成から見れば、目の前の二人は、何事にも動じない、大人だ。それが今、二人とも、すっかり我を失っている。

三成はこのように動揺した二人を見たことがなかった。

何か大変なことが起こったんだ。

事情は何にもわからない。だが、それだけは、はっきりとわかった。

今や三成のことは、二人の眼中にない。

三成は退出することもできず、居心地《いごこち》の悪い中、部屋の隅に座って、二人の様子を窺《うかが》っていた。


どれだけの時が過ぎただろうか。やがて、二人はどちらからともなく、落ち着きを取り戻したようだ。

「御屋形様にご注進なさいますか」

官兵衛が、声を落として訊《き》く。訊いてはいるが、秀吉がどう応えるか、官兵衛には想像がついているようだ。

秀吉は、少し間《ま》を取った後、

「まさか」

そう応えると、ぞっとするような凄《すご》みのある笑みを浮かべた。それは官兵衛の想像を裏切らなかったらしい。官兵衛もまた、不敵な笑いを見せた。

三成はとまどっていた。

今、三成の目の前にいる秀吉は、三成が知っている秀吉とはまるで別人のようだ。三成は見てはいけないものを見てしまった気がして、思わず目をそらした。

そんな三成の気持ちとはかかわりなく、二人の会話は続く。

「ならば、急がねばなりませぬぞ」

「そうじゃの」

応えてふと顔を上げた秀吉の視界に、三成の姿が入ったようだ。三成を視界に入れたまま、秀吉はしばし考えた。そしてその後、

「三成、京への兵站《へいたん》の手配をしておけ」

と命じた。

「京へのでございますか」

「そうじゃ、この一月《ひとつき》かそこいらのうちに京へ戻ることとなろう」

「はっ」

三成は承《うけたまわ》ったが、訳がわからない。


あと一月で高松城を落とすというのはわかる。だが何故《なにゆえ》その後、京なのか。

それに、あの松井という男からの書状には何が書いてあったのだろうか。あれを読んだ時の二人の動揺は只事《ただごと》ではなかった。

ここを落とした後、京へ軍を進めるというのも、あれが関係しているのだろうか。

三成があれこれ考えを巡らしていると、

「殿、兵站の事は、目立たぬように気をつけねばなりませぬぞ。万が一にも毛利方に知られては一大事」

官兵衛が秀吉に念を押す。

「そのとおりじゃ。毛利だけではない。他の誰にも知られてはならぬ。我らはここ備中に釘付《くぎづ》けで容易に動けぬ、ということじゃからな」

「御意《ぎょい》」

「京まで三万の軍を短時間で移動させる。寝る間も惜しんでの行軍となろう。松明《たいまつ》の用意も必要じゃ。食事も歩きながら摂《と》らせる。握り飯を用意させねばならぬ」

秀吉はしばし間を取り、三成の顔をじっと見つめてから、

「できるか」

と、問うた。

「はっ」

三成は、返事はしたものの、何がどうなっているのか、全くもって状況が理解できない。

が、状況はわからないが、何をしなければいけないか、それはわかる。三成としては、与えられた仕事を、やるしかない。

「安土への往復、ご苦労じゃった。下がって休め」

「はっ」

三成が下がった後に、

「御屋形様は敵を作りすぎた」

「好機到来ですぞ、殿」

「ああ、時は今じゃ」

秀吉と官兵衛の声がする。その声は辺りを憚《はばか》りながらも興奮を隠しきれぬ様子だった。

（三）

長い夏の日が暮れて、はや、一刻《いっこく》余り。朔日《ついたち》の月は太陽と先を争うがごとく沈み、七曜《しちよう》の星が北の空に高く瞬《またた》いている。

ここは丹後宮津《たんごみやづ》城、細川家の居城《きょじょう》の奥座敷。

主の細川藤孝と、重臣《じゅうしん》の松井康之が向かい合って座っている。少しだけ開けられた障子《しょうじ》の間から入って来る夜風がさわやかに涼《すず》しい。だが、その場の雰囲気は、さわやかさとは程遠く、なんとも重苦しい。

「なぜ、そのような勝手な真似《まね》を致した」

藤孝が抑えた声音《こわね》で詰問《きつもん》する。

「御家《おいえ》のためでござる」

松井が悪びれることなく答えた。

どうやら、松井が三成に書状を託《ことづ》けたことは、藤孝の知らぬことだったらしい。

「明智殿は我らを信用して打ち明けてくれたのだぞ。それを……」

「殿は、この先も与力大名《よりきだいみょう》として、明智殿、いや光秀の下風《かふう》に立たれるおつもりか」

織田軍団の中で、細川軍は光秀の指揮のもとに置かれている。

「わしは軍の指揮、政《まつりごと》など明智殿には遠く及ばぬ。それに、明智殿の引きで、御屋形様にお仕《つか》えできたのだ。そのことを思えば致し方のないことじゃ」

「お情けない。光秀はかつては、殿の足軽《あしがる》であった者ではありませぬか」

「遠い昔のことよ」

明智光秀は、足利《あしかが》幕府に仕える前は、幕府奉公人であった細川家の足軽だった。光秀の非凡な才を認めた藤孝が、将軍に推挙し、幕府の直臣《じきしん》にしたのだ。

織田信長が台頭《たいとう》し、実質将軍家を凌《しの》ぐようになると、多くの幕府奉公人が織田家に移るのだが、光秀はその先駆けだった。

光秀が信長に信頼され重用《ちょうよう》されると、光秀の縁で、信長に仕える者が多く出てきた。

その中には、藤孝のように、直接信長に仕える者もいたし、その者に仕える松井のような者もいた。

「今度の企《くわだ》てが成就《じょうじゅ》すれば、光秀が天下人《てんかびと》になるやもしれぬのですぞ。元の主人の殿を差し置いて……私は嫌でございます」

松井は、元足軽の光秀の出世が、これまでも、またこれからも、我慢がならぬらしい。

藤孝も松井の気持ちがわからぬではない。しかし、光秀の謀反《むほん》を秀吉に知らせた松井の行動は、どう考えても軽率《けいそつ》極まりないものに思える。

「なぜ羽柴殿なのだ。羽柴殿の言葉一つで、我らに災いが及ぶとは考えなんだのか。あの御屋形様じゃ。疑われれば、破滅じゃぞ」

秀吉が藤孝のことを光秀の共謀者と信長に伝えぬとも限らない。藤孝はそのことを心配している。

信長は一度でも自分に背《そむ》いたものは決して許さない。

藤孝の脳裏《のうり》に粛清《しゅくせい》された多くの者たちの顔が浮かんだ。

ところが、藤孝の心配など杞憂《きゆう》だとでも言うように、松井が問う。

「殿は、羽柴殿が御屋形様に注進するとお思いか」

「え」

藤孝は、驚いて松井の顔を見た。

松井も藤孝の顔を見つめ、片頬《かたほお》で不敵に笑っている。

「その方は、羽柴殿が御屋形様を見殺しにすると申すか」

「はい」

こともなげに答える松井を前に、

「うーん」

藤孝は唸った。迂闊《うかつ》な話だが、藤孝の頭にはその考えは全くなかった。

松井は、涼しい顔で続ける。

「よいですか、殿。天下平定は目の前でございます。今御屋形様が亡くなられれば、その後を継ぐ者がそっくり天下を頂けるのですぞ。羽柴殿がそれをむざむざと逃すはずがございません」

「明智殿を足軽だったと言うが、羽柴殿は百姓の出、その羽柴殿の天下を望むのか」

「滅相《めっそう》もない」

「ならば何故……」

「殿、考えてもご覧ください。この度の企て、元は、御屋形様が光秀をして、徳川殿を討たせるというもの。よって、京の町には攻め入る光秀の軍のほかは兵らしい兵はおりませぬ。御屋形様は裸同然。何の警戒もしていない」

松井は、一呼吸置いて、続ける。

「故《ゆえ》に光秀は、御屋形様を易々《やすやす》と討てまする。そしてその後、自分が御屋形様を討った、織田信長の後を継ぐ者は明智光秀である。と、天下に知らせるつもりでございましょう。その前に、羽柴殿に討たせるのです。まさか、備中で毛利の軍と睨《にら》み合っている羽柴殿が、それほど早く戻られるとは思いもよらぬ光秀は油断しております。故に、簡単に討たれる」

「ならばやはり、羽柴殿の天下になるではないか」

「徳川殿がおられます」

「徳川殿……」

「殿は、律儀者《りちぎもの》の徳川殿が、自分のために謀反を起こしてくれた光秀を討たれたままにしておくとお思いか」

「あ」

「必ずや仇《かたき》を討とうとなされます。羽柴殿の兵は中国からの移動で疲弊《ひへい》しており、徳川殿の敵ではありませぬ。その時になって、殿は光秀と徳川殿との密約をもって、徳川殿とともに羽柴殿を討てばよろしいのです」

「あの羽柴殿のことじゃ、徳川殿のこと、用心するのではないか」

「それは、この度の謀反が、御屋形様が徳川殿を討つ企てを乗っ取ったものだと承知しておればの話」

「え」

「私が羽柴殿へ差し上げた書状には、徳川殿のとの字も書かれてはおりませぬ」

「何」

藤孝が松井を睨む。

松井は動じない。

「その方という男は……恐ろしい男よ」

「恐れ入りまする」

しばらくあきれたように松井の顔をしげしげと眺めていた藤孝は、

「明智殿、羽柴殿よりも、徳川殿に天下を渡すと申すか、その方は、よほど賤《いや》しい生まれの者に頭を下げるのが嫌いなようじゃな」

と苦笑した。

「殿ご自身も、天下を狙えるのですぞ。時は今ですぞ、殿」

天下を取る。

乱世、将《しょう》たるもの誰もが抱《いだ》く夢だ。

信長の台頭ですっかり忘れていたが、かつては藤孝もそれなりに見た夢だ。もちろん、今度の件で、その夢が現実味を帯びてきたと考えるほど、若くもないし、甘くもない。

が、秀吉の天下になるにしろ、家康の天下になるにしろ、自分の存在が今より大きくなることは確かだ。

「考えてもみなかったが……羽柴殿に知られてしもうた。まずは流れを見てみようかの」

長い思考の末、藤孝が溜息とともにそう言葉を漏《も》らした時にはもう、東の空が白み始めていた。

（四）

天正十年五月二十五日。

石田三成は、高松城を囲む堤《つつみ》の上に立ち、今や絶海の孤島と化した城を眺めていた。

我が殿・羽柴秀吉様は、やはり、すごい。

三成の胸は、秀吉への尊敬と、偉大な主人に仕えているという喜びに高鳴っていた。

あの日、三成が信長と松井の書状を持って安土から帰った日、秀吉と官兵衛は二人で夜晩《おそ》くまで話し合っていた。その日だけではない。次の日も、またその次の日も。

そして五月。示された作戦は、「水攻め」だった。

東西一里余りの堤を築き、足守《あしもり》川を堰《せ》き止める。

あとは湖の中に浮かんだ城を眺めながら相手の降伏を待てばよい。

後の世に言う「備中高松城の水攻め」だ。

一つの城を湖の中に浮かばせるような長大な堤を作るには、多くの人手と莫大《ばくだい》な財が必要だ。

だからこの攻城法は、攻め手の大将の富と力の証なのだ。

五月八日に築堤《ちくてい》に着手した秀吉軍は、わずか十二日で完成させていた。


やはり殿は、すごい。

三成は感嘆の溜息とともに、心の中で繰り返した。

「壮大だなあ」

不意に後ろから声がした。三成が振り返ると、幼馴染《おさななじみ》で秀吉の下《もと》、同じ兵站の仕事をしている大谷吉継《おおたによしつぐ》が、目を細めてにわかに出現した大池を眺めている。

「ああ、我らの殿は、偉大だ」

応じた三成は、そこに立つ吉継が旅装《りょそう》のままであることに気づいた。

「帰ったばかりか」

「ああ」

吉継が短く答える。

「何処《いずこ》へ行っておった。殿は、紀之介《きのすけ》には別の仕事を言いつけた故、あてにするなとおっしゃっていたが……」

三成は、吉継のことを幼名《ようみょう》の紀之介とよんだ。二人で話す時はいつもそうだ。吉継もまた三成のことを幼名の佐吉《さきち》と呼ぶ。

「京、丹波《たんば》、坂本、安土、そして俺の判断で浜松まで足を伸ばしてきた」

「浜松だと？　徳川様の所領ではないか、それに坂本と丹波は明智様の所領。いったい何をしに行ったのだ」

「佐吉は殿から何も聞いておらぬのか」

「おらぬ」

「京まで急ぎ上《のぼ》るための、沿道での炊き出しや松明の用意は、そなたが一手《いって》に任されていると聞いたが」

「その仕事なら仰せつかっておるが」

「それで、何故それらが必要なのかということは、聞かされてはおらぬのか」

「おらぬ」

「そうか」

吉継は考え込んだ。

「何かあるのか」

三成が訊きただす。

「そうか、聞かされておらぬのか」

三成の問いには答えず、吉継が独り言のように呟き、やがて溜息とともに言う。

「殿は、よほど佐吉のことを大事に思うておいでになると見える」

「え」

「佐吉にはきれいなままでいてほしい、いや、ひょっとすると、佐吉に嫌われはせぬかと恐れておいでなのやもしれぬぞ」

吉継は自ら発した言葉に、妙に納得したような様子で、うんうんと頷いている。

「何を馬鹿なことを申しておる。俺が殿を嫌う、そんなことがあるはずがないではないか。それにそのことを殿が恐れておられるだと。紀之介、どう致したのだ。気は確かか。旅先で何か悪いものでも食うたか」

三成は吉継の言葉を半分冗談で受け流し、

「何かあるのなら、教えてくれ」

と迫った。

「うーん、殿の御心には背くやもしれぬが、俺は佐吉も承知しておいたほうがよいと思う。よし、俺の話を聞け、佐吉」

吉継は話し始めた。

「細川様のご家来、松井某《なにがし》からの書状は、お前が預かってきたのであったな」

「そうだ、やはりあの書状が京への進軍と関係があるのだな。あれを見た時の殿と官兵衛殿の様子、只事ではなかった」

「だろうな」

「あの書状、いったい何だったんだ」

「謀反の報《しら》せ」

「えっ」

三成は、我が耳を疑い、訊き返した。

「明智様の御屋形様へのご謀反の報せだ」

「ま、まさか……事実《まこと》なのか」

「事実だ」

「しかし、何故だ。明智様といえば、御家中《ごかちゅう》でも御屋形様のご信頼が一番に篤《あつ》いお方、その明智様が何故」

「それはわからん」

吉継の答えは素っ気ない。

無理もない。吉継とて、その理由を想像することができないのだろう。

明智様が御屋形様にご謀反とは……。

三成はにわかには信じられなかった。それでも、時間をかけて、

「それが京への進軍の訳か。明智様を討ち、謀反を未然に防ぐため」

納得しかけた三成の言葉を、

「いや、違うな」

吉継はいとも簡単に否定した。

「え」

驚いて自分を見つめる三成に、

「明智様は討つ。ただし、謀反の後だ」

吉継は、きっぱりと言った。

「え、紀之介、今何と言うた」

「明智様の御屋形様への謀反が成就してから、殿が御屋形様の仇を討たれるのだ」

「そんな……それでは殿は御屋形様を見殺しになされると申すか」

「そうだ」

「そんな馬鹿な」

三成は絶句した。

織田家中で信長が信頼する家臣の一、二位は明智光秀と羽柴秀吉、これは誰の目にも明らかだ。

その光秀が謀反を起こす。

そして、それを承知しながら秀吉は、信長に知らせもせず、信長が討たれてから、仇《あだ》打ちとばかりに光秀を討とうなどと……。

考えられない。

日頃から、

「百姓身分の自分をここまで引き立ててくれた御屋形様のご恩は、生涯、いや、たとえ何度生まれ変わろうとも、忘れるものではない」

と言っていた秀吉だ。

あの、殿の言葉は、何だったのか。

三成は、激しく動揺していた。

ふと、あの日、松井からの書状を渡した日の、秀吉のぞっとするような邪悪とも見える凄みのある笑みを思い出した。

汚い。

秀吉に対して初めて抱く嫌悪《けんお》だった。

涙が出た。

悔しいのか、哀しいのか、情けないのか、自分でもわからない。

傍らで吉継が、そんな三成を無言でじっと見ている。やかて、ぽつりと一言。

「世の中とは、そういうものよ」

それを聞いた三成は、

「紀之介は納得できるのか」

と食ってかかった。息苦しいほどに動悸《どうき》が激しくなっている。一つ年上なだけなのに、吉継の妙に大人びた物言いも癪《しゃく》に障《さわ》る。

「御屋形様が、あまりにもお気の毒じゃ」

呟くように言う三成に、

「それが、そうでもないのだ」

吉継は溜息まじりにそう言うと、一段と声を落とした。

「これはまだ、殿にもご報告申し上げていないのだが、この度の企ての元は、どうやら、御屋形様のようなのだ」

「どういうことだ」

「俺は殿の命《めい》で、詳細を調べに安土や京へ行っていたのだが、どうやら、御屋形様は明智様に徳川様を討たせるつもりらしい」

「そんな……」

もう、三成には何が何だかわからない。徳川といえば、どこよりも忠実な織田の同盟者ではないか。

「何故に」

問いただす声も弱々しく小さい。

「御屋形様の胸の内はわからぬ。だが、想像はできる。御屋形様の目指した天下布武《てんかふぶ》は間近だ。最大の敵武田《たけだ》も滅んだ。もう、徳川様の手を借りなくてもよい」

「……」

「一方、御屋形様に万が一の事があった時、お子様方はまだお若い。徳川様が脅威となる。その時に備えて、不安は取り除いておいたほうがよい。そうお考えになっても、何の不思議もないではないか」

「では、明智様は徳川様の御為《おんため》に」

「いや」

「そうではないのか」

「本当のところは明智様にしかわからんが、俺は、違うと思う。徳川様に対して明智様がそこまでする義理はない」

「ならば……」

「さあな、天下が欲しゅうなられたのか、徳川様の次はご自分だと思われたのか」

「そうか」

三成は力なく言った。先ほどまでの感情の高ぶりは、嘘のように退《ひ》いていた。涙も止まった。そのかわり、言いようのない気だるさが全身を襲っていた。

「殿も明智様と同じか」

徳川様の次はご自分が御屋形様に討たれるやもしれぬと思われたのだろうか。それとも天下を望まれたのか。

今まで三成が抱いていた秀吉に対する畏敬《いけい》の念が音を立てて崩れていくような気がした
三成は黙った。また新たな涙が頬を伝《つた》う。

吉継も言葉を発しない。

いつ終わるともわからぬ沈黙が続いた。

「殿を、汚いと思うか」

ぽつりと吉継が、呟くように言った。

三成は応えない。

「佐吉は、比叡山《ひえいざん》の焼き討ちや、石山本願寺《いしやまほんがんじ》攻めは、あれでよかったと思うておるか。罪もない女子供まで犠牲にして」

「それは……」

「我が殿ならば、ああいうことはなされまい」

「え」

「俺は我が殿の天下を望む」

吉継は前を見たまま、きっぱりと言った。

三成は、驚いて吉継を見た。

三成とて、非情な信長のやり方に、憤《いきどお》りを感じなかったわけではない。

殿が御屋形様をなんとか思いとどまらせてはくれまいか。

そう願ったことも、一度や二度ではない。

殿が天下を取れば……。

この戦国の世に不思議なことだが、今まで考えてもみなかった。だが今、そうなればいい。

三成は強く思った。

かといって、主である信長を見殺しにする秀吉の行為を、全部まるごと、納得したわけではない。

しかし、先ほどまでの、秀吉に対する激しい嫌悪は、嘘のようになくなっていた。


三成の変化に気がついたのだろうか、吉継が、問うた。

「事は近づいておる。沿道の準備、大丈夫だろうな」

それに対して、

「抜かりはない、明日でも大丈夫だ」

三成が応えて、目を城の方に移す。

夕暮れの人造湖に浮かぶ城、その上空を、一羽の白鷺《しらさぎ》が飛んで行った。

（五）

吉継の報告に、

事は六月初めだ。

と判断した秀吉は、敵に覚《さと》られないように密かに撤収《てっしゅう》の準備をし、兵も少しずつ移動を始めた。

一方で、秀吉は、黒田官兵衛を毛利方の外交僧である安国寺恵瓊《あんこくじえけい》のもとに使わして講和交渉をも開始している。

秀吉方の示した講和の条件は、五国（備中・備後《びんご》・美作《みまさか》・伯耆《ほうき》・出雲《いずも》）割譲《かつじょう》と城主・清水宗治の切腹だった。

最初、毛利方は宗治の切腹に難色を示した。が、宗治本人が、主家である毛利家と城内の兵の命が助かるなら自分の首など、いとも安いものだと、自らと兄の月清《げっせい》、弟の難波宗忠《なんばむねただ》、末近左衛門《すえちかさえもん》の四人の首を差し出す代わりに籠城者《ろうじょうしゃ》の命を助けるようにと願い、毛利も同意した。

あとは五国割譲だ。

毛利としては、直接戦って負けたわけではないし、なんとか割譲する国数を減らしたい。

交渉は続いた。

そして、六月二日、本能寺の変。

三日の夜、秀吉軍に、

「光秀謀反、京・本能寺にて御屋形様ご落命」

との報せが届いた。

秀吉としては一刻も早く京へ向かわねばならない。

結局は備中・美作・伯耆の三ヶ国割譲と譲歩し、合意に至る。


翌四日。

清水宗治は三人の兄弟とともに、船に乗って城より漕《こ》ぎ出し、船上で舞をひとさし舞ってから腹を切り、介錯人《かいしゃくにん》に首を刎《は》ねられた。その作法は見事であり、敵味方双方から賞賛された。

この宗治の切腹から、切腹の作法が確立されたといわれる。


その間にも、撤収は進む。

そして、六日。旗が動いた。

本格的な撤収だ。

だが実際は、既に大方《おおかた》の兵が陣を払っていたと思われる。

沼城《ぬまじょう》を経て七日、梅雨明け前の豪雨の中、姫路までの二十里の距離を移動したのは、一部の健脚《けんきゃく》の男たちだった。
とにかく七日の夕刻《ゆうこく》、秀吉軍全軍が姫路城に集結した。
八日、一日の休養の後、翌九日より、京へ向けての進軍が始まる。約三万の将兵の移動だ。
九日　明石《あかし》
十日　兵庫《ひょうご》
十一日　尼崎《あまがさき》
十二日　富田《とんだ》
光秀との決戦の場が山崎になるという予想から、ここで野営《やえい》。
十三日に山崎に着陣した。
ここで三成の仕事が光る。
沿道での食事、それ以外の水分の補給、そして宿泊場所、そこで使う松明などなど、万事に遺漏《いろう》がない。

さすが三成。

秀吉は満足気だ。

六日の撤収から五日目の兵庫で、

「見事じゃ、三成。よう致した」

御前《ごぜん》に呼ばれて、そう声をかけられた三成は、

「は」

畏《かしこ》まった。が、いつものような高揚感《こうようかん》はない。自分の仕事には満足していた。そして、それが認められたことは嬉しい。だが、秀吉に褒《ほ》められたことへの喜びは湧《わ》いてこなかった。いつもなら秀吉に褒められることが何よりもの喜びである三成なのだが、この時は、全く嬉しさを感じなかった。

なぜか。

おそらくそれは、清水宗治の潔《いさぎよ》い最期《さいご》を目《ま》の当たりにしたからだろう。

三成は後ろめたかった。

当然のことながら毛利側は、光秀の謀反を知らない。信長が死んだことを知らないのだ。

知っていれば、講和条件も違ったものになっていただろう。講和自体がなかったかもしれない。いずれにしても、宗治は死を免《まぬが》れた可能性が高い。

それに加えて、あの敵味方を問わず賞賛された潔い死にざまだ。

三成は自分たちが酷《ひど》く汚れているように思えた。

方便《ほうべん》だ。戦《いくさ》の駆け引きだ。

と、自分に言い聞かせても駄目だった。

殿が天下を取られれば、より良い世の中になるんだ。

必死になって納得しようとした。そして頭では納得できた。

しかし心の一部では、まだ折り合いをつけることができていない。

そんな三成の心の内に、秀吉は気がついたに違いない。三成を見つめる秀吉の表情がこの上なく哀しげだった。

殿も苦しんでおられるのか。

肯定《こうてい》して、納得したい気持ちが八分《ぶ》。しかし残りの二分は、否定して、怒りなのか、哀しみなのか、どうにもならない自分の気持ちを、秀吉にぶつけたい。

年若い三成の、それが素直な心の内だった。

しかし、心情はどうであれ、目指す京で待っているのは光秀との天下を賭けた戦だ。

三成には、やるべき仕事が山ほどある。

考えている暇はなかった。

その後も三成は、自分の仕事を続け、十三日、秀吉軍三万を無事山崎へ着陣なさしめた。

（六）

一方、六月二日に本能寺で主・織田信長を討った明智光秀は、混乱する京の町の治安維持にあたり、続いて近江《おうみ》を掌握《しょうあく》するために、五日、安土城に入り八日まで滞在。その後、京へ戻った。

その間、組下大名《くみしただいみょう》に出陣の要請をする書簡を出したが、誰も応じる気配はなかった。

事前に打ち明け、協力の約束を取り付けたはずの細川もまた、兵を挙げない。

光秀はとまどっただろう。

そして十日、秀吉接近の報せを受ける。

毛利と睨《にら》み合い、備中高松城に釘付けのはずの秀吉が、こんなにも早く戻ってこられようとは、光秀は夢想だにしていなかったに違いない。

十三日夕刻。雨が降りしきる中、合戦《かっせん》は始まった。神戸信孝《かんべのぶたか》、丹羽長秀《にわながひで》の加勢で四万に膨《ふく》れ上がった秀吉軍に対して、光秀の軍は一万六千、半数にも満たなかった。戦いは短時間のうちに決した。

やはり四万と一万六千、その兵力の差は大きかったのだ。

敗れた光秀は、いったん勝龍寺《しょうりゅうじ》城に入り、夜陰《やいん》にまぎれ、自らの居城《きょじょう》である坂本城を目指したが、途中、土民《どみん》の落ち武者狩りに遭《あ》い、命を落としたと伝えられる。

道幅が狭く兵力の差を無効化できる布陣地もないわけではなかった。が、光秀はそこに布陣しなかった。そこは町の中心地。光秀は町を戦火にさらさぬ禁制を出していた。律儀にもその禁制を守ったということか。

その行いは、恩ある主人を討った謀反人という印象とは、あまりにも隔《へだ》たりがあるように思われる。

いったい何が、光秀を謀反に駆り立てたのだろうか。

（七）

さて、本来、信長の命で光秀に討たれるはずだった家康はどうしていたか。

信長の招待で安土、京を訪れていた家康は、光秀が本能寺に攻め入った時には、近習《きんじゅ》数名と堺《さかい》見物の最中で、京への帰路で報せを受ける。

光秀との事前の打ち合わせにより、家康はいったん三河《みかわ》へ帰り、旧武田領を抑えるため出陣。後に天正壬午《じんご》の乱と呼ばれる北条《ほうじょう》との戦いに発展する。

秀吉の中国大返しの報せを受けて驚き、光秀を助けるべく京へ軍を進めようとするが、時既に遅く、山崎の合戦の結果を知る。

時の勢いは秀吉にある。

そう判断した家康は、光秀の仇を討つことを断念、旧武田領の抑えに専念した。

ここで、疑問に思うのは、
秀吉の中国大返しを家康が、なぜ予想できなかったのか。

ということだ。

細川家の重臣・松井康之は、
光秀を秀吉に討たせ、そしてその秀吉を家康に討たせる。

という策を立てながら、秀吉に知らせたことを家康に知らせていなかったのか。

そうとしか考えられない。

ではなぜ、そんな失敗をしてしまったのか。

想像するに、家康に光秀を裏切らせることができないと判断したのだろう。

その頃の家康は、後に狸《たぬき》おやじと言われる老獪《ろうかい》さはまるでない、律儀者で通っていた。だから、全部とは言わないまでも、少なくともきっかけは家康を助けるために事を起こした光秀を裏切らせるのは難しいと、松井は思った。

この判断が正しかったかどうか。

それは、誰にもわからない。


そして、当の細川も動かなかった。

かくして、本能寺の変に始まる騒乱は実にあっけなく鎮《しず》まった。

（八）

山崎に宝寺《たからでら》城という城がある。

天王山《てんのうざん》の南南東にあり、山崎の合戦時、秀吉が陣取った城だ。

清洲《きよす》会議で山城国《やましろのくに》を得た秀吉は、後に大坂城を築くまでの間、その城を居城とした。


その城の奥の座敷に、石田三成と大谷吉継が呼ばれたのは、本能寺の変から四ヶ月が経った、天正十年十月の半ばのことだった。

二人が待っていると、秀吉がいつものように、せかせかとした足取りでやって来たかと思うと、

「これを読んで、内容をよーく頭に入れておけ」

それだけ言うと、薄い書物を二冊置いてまた、せかせかと出て行ってしまった。

織田家筆頭《ひっとう》の身分になったのだ。こんなことくらい人をしてやらしめればいいものを……。

変わられぬなあ。

三成と吉継は、顔を見合って苦笑した。

「さて、何を読めと仰せなのかな」

吉継が、秀吉が置いていった二冊の書物を手に取り、一冊を三成に渡した。

書物の表紙には、

『惟任退治記《これとうたいじき》』

とある。

惟任は明智光秀が朝廷から賜《たまわ》った名字だ。

とすればこの書物は、本能寺の変の顚末《てんまつ》が書かれていることになる。

変後、わずか四ヶ月。いつものことながら、秀吉のやることは、素早い。

どんなふうに書いてあるのか。

三成は、手にとって読み始めた。

読み進めるうちに、三成は少し不快になってきた。

誰にもわからないはずの光秀の動機が、

「野望と怨恨《えんこん》」

はっきりと書いてある。

それをもっともらしく見せるためか、信長は淫乱《いんらん》で残酷な暴君《ぼうくん》のようだ。

謀反に計画性はなく、信長の油断により出来た警備の空白をついたもので、よって共謀者はいない。

また、秀吉が信長の死を知ったのは、変を毛利へ知らせる使者をたまたま捕えたことによるとしている。

違う。

三成は思った。

ここに書かれているのは、いかに殿が英雄で、いかに殿が御屋形様の忠臣だったか、それだけだ。

三成の不快感は増していた。

突然、吉継が笑いだした。

「何がおかしい」

三成はいらだった。

「いや、うまいこと話を作っておられると思うてな」

吉継は、笑いを我慢できぬ様子で答えた。

「それが笑うことか、ここに書かれていることは、全く真実《まこと》ではない」

三成は腹が立ってきた。

こんなでたらめな顛末書を読んで、よく、愉快そうに笑えたものだ。

そんな三成の心の声が聞こえたわけでもないだろうに、

「なぜ事実を書く必要がある」

吉継が訊く。

「え」

「これから、殿の天下が始まる」

「お跡目《あとめ》は三法師《さんぼうし》様に決まったではないか」

「それは織田家のお跡目だ」

「え」

「三歳の童《わらべ》に天下が治められると思うか」

「それはそうだが……」

「これより殿は天下人への階段を上って行かれる。本能寺の一件は、その出発点だ。それなりに修飾が必要なのは言うまでもない」

「……」

三成は、答えなかった。いや、答えられなかった。

吉継の言うことはわかる。理解できる。そうだと思う。同意する。しかし、まだ何か、気持ちが悪い。後ろめたい。

「殿が天下を取られたら、万人が暮らしやすい世になる」

吉継がまるで神託《しんたく》のように言う。

「まあ、何度でも読め。そのうち慣れる」


秀吉は、公家《くげ》たちの前で『惟任退治記』を何度も読み聞かせた。

それには主に作者のお伽衆《とぎしゅう》・大村由己《おおむらゆうこ》が当たったが、三成や吉継も駆り出されることがあった。

何回も何十回も読み聞かせていると、不思議なことに、自分でもそれが真実のように思えてくる。本能寺の変の真相とはこういうことだったのかと、納得している自分に気がつくことがある。

そんな時、三成は悔しく腹立たしく、酷く自分を嫌悪した。

公家の屋敷への往《ゆ》き復《かえ》り、

「紀之介、お前は納得できるのか」

「世の中とはそういうものよ。佐吉」

何度言いあったことか。

さわやかすぎる秋晴れの日、
雨でも降らないか。

三成が見上げた空は、恨《うら》めしいほど青く高く澄《す》みきっている。

秋の終わりに雨が降った。
人々の記憶を洗い流すかのような、長い激しい雨だった。
やがて雨があがり、風が吹いた。
そして、
天王山の紅葉が、散り初《そ》めた。

第六章

泰平への誓い

――夫として父として

（一）

天王山《てんのうざん》の紅葉《もみじ》が散り初《そ》める頃、近江《おうみ》石田村から、一斗樽《いっとだる》が一つ届いた。

やはり、今年も来たか。

うたは、運ばれて来た一斗樽を見て、溜息《ためいき》をついた。

織田《おだ》家の将《しょう》・羽柴秀吉《はしばひでよし》に仕《つか》える石田三成《いしだみつなり》に嫁《か》して三年。毎年、秋が深くなると、石田村の三成の生家から、鮒《ふな》ずしが樽で届くのだ。


三年前の天正《てんしょう》七年の春に祝言《しゅうげん》を挙げた。そしてその年の秋の初め、うたは自らの身体《からだ》の変調に気がついた。身籠《みごも》ったのだ。毛利《もうり》との戦《いくさ》で戦場《いくさば》と長浜を行ったり来たりの夫・三成に告げたのは、東の山の木々の葉が色づきかけた頃だった。

仕事を終えて帰宅した三成に、恥じらいながら、

「身籠りました」

小声で言った。

あまり感情を表に出さない三成だが、この時も、ちょっととまどったような表情で、

「そうか」

とだけ応えた。

え、それだけ。

うたが物足りなく思っていると、

「明日は早立ち故《ゆえ》あまり過ごせぬが、少し飲みたい」

と言うではないか。

うたが嫁に来て以来、来客の時のほかで、三成が酒を飲むことなど一度もなかった。

この人なりに喜んでくれているんだ。

うたは少し気をよくして、

「ただいま、用意を」

と、厨《くりや》へ行きかけた。その背中に三成が声をかけた。

「鮒ずしがもう、食べごろだろう」

そこまで思い出して、うたは身震いをした。

うたの脳裏《のうり》に、あの強烈な臭《にお》いが蘇《よみがえ》る。

三年前、三成に言われるままに鮒ずしの樽を開けたのだが、そのとたん、気分が悪くなり、気を失ってしまったのだ。

実家から連れて来た女中《じょちゅう》のきよが慌《あわ》てて駆け寄って助け、槍持《やりも》ちの嘉助《かすけ》を呼んで、それ、医者だ、薬だ。

と、大騒ぎになるのだが、うたは気を失っていたからその時の様子は何も知らない。

寝かされた布団《ふとん》の上で気がついたうたの目に最初に飛び込んできたのは、自分の顔を覗《のぞ》き込む、心配そうな夫の顔だった。

心配してくれている。

うたは、嬉しかった。嫁して半年、忙しい三成は家を空けることが多く、夫婦としての暮らしはまだ少ない。事あるごとに細《こま》やかな心遣《こころづか》いをしてくれる優しい人という印象はあったが、この時初めて、
夫婦なんだ。

という実感が湧《わ》いた。

「大事ないか」

優しく訊《き》く三成の息の中に、酒の匂いとともに微《かす》かにあの臭いが混じっていて、

心配しながらも、あれを肴《さかな》に飲んだのね。

少しだけがっかりせぬではなかったが、子を授《さず》かった心祝いだと、納得するのだった。

それからも三成は、来客があり酒を飲む時は、鮒ずしを肴にした。だがその時には、嘉助に酒の用意を命じ、

「ちと、お役目の話がある故、そなたは下がっておれ」

と、酒肴《しゅこう》が出される前に、うたを部屋から出した。

うたは、いとも素直に三成の言うことに従う。普通、だんな様の好物なのだから、

と、触《さわ》れるぐらいにはなろうとするものだが、うたは、一切《いっさい》そういう努力をしなかった。

三成が、

鮒ずしくらい平気になれ。

と言えば、うたも努力しただろう。しかし、三成は言わない。言われないことはしない。

うたとはそんな妻だった。

一昨年、去年と、秋になると、石田村の三成の実家から、一斗樽で鮒ずしが届いた。

今年は長浜から、山城国《やましろのくに》にあるここ、宝寺《たからでら》城に移った。

ひょっとしたら今年は来ないかな。

淡《あわ》い期待を抱いたのだが……

来た。今年も、送られてきた。

「どこへ置きましょうか」

嘉助の問いに、

「私は手を触《ふ》れませんから、お前の出しやすいところへ置いておくれ」

応えて、二人目のいる腹に、

「お父上は何故《なにゆえ》、あのようなものがお好きなのでしょうね」

と話しかけ、嘉助を苦笑させるのだった。

(二)

山々を色とりどりに染め分けた木々の葉が晩秋の風に舞い散る。北近江に、もうすぐ長い冬が訪れる。伊吹山《いぶきやま》の初冠雪《はつかんせつ》も間近だろうと思われた。

三成は今、秀吉に従い、長浜城から南へ四里足らずの佐和山《さわやま》城の天守にいる。この城を居城《きょじょう》とする丹羽長秀《にわながひで》と並んで三成の前に立つ秀吉は、北の方角を眺めていた。

秀吉の視線のはるか先には、織田家筆頭《ひっとう》の重臣《じゅうしん》・柴田勝家《しばたかついえ》の居城である越前北庄《えちぜんきたのしょう》城がある。

今年、天正十年六月の本能寺の変で、主《あるじ》・信長《のぶなが》を亡くした織田家の重臣たちは、清洲《きよす》で会議を開き、織田家の跡目《あとめ》と領地配分を話し合った。

跡目は、柴田勝家の推す信長の三男・信孝《のぶたか》を抑えて、秀吉の推す信長の嫡孫《ちゃくそん》・三法師《さんぼうし》と決まった。

だが、三法師はわずか三歳。

実質的には秀吉の織田政権継承が決まったも同じだ。織田家筆頭の家老と自他ともに認めてきた勝家としては、血筋から三法師が跡目に就《つ》くことには否《いな》やは言えぬ。しかしその後ろで秀吉が大きな顔をするのは我慢できないに違いない。

そんな勝家の気持ちを少しでも和《やわ》らげようと思ったのだろうか、秀吉は勝家に、信長の妹・市《いち》を娶《めと》ることを薦めた。

この縁談は清洲会議で承認され、勝家と市は祝言を挙げ、市は北庄城へ入った。

それでもやはり、勝家が秀吉の、天下継承を許すとは考えにくい。

いずれ両者の衝突は避けられない。

世の中の誰もが思っていることだった。


清洲会議で、居城だった長浜城を勝家に譲った秀吉は、新たに得た山城国の山崎にある宝寺城に手を入れて移った。

三成たち家臣団《かしんだん》も当然、宝寺城へ移る。

一方近江は、長浜城に柴田勝家の甥《おい》で養子の勝豊《かつとよ》が入り、佐和山城に丹羽長秀が入った。

長秀は勝家と並ぶ織田家の重臣だが、勝家や秀吉のような軍団の司令官ではない、どちらかというと行政官の色合いが濃く、気性も穏やかだ。山崎の戦いで秀吉の指揮のもと明智光秀《あけちみつひで》を討って以来、秀吉に与《くみ》していた。

柴田勝家の居城・越前北庄城は雪深い地にある。よって勝家は雪が消える春までは動きが取れない。秀吉としては、春までに勝家に味方する者たちを、攻め、あるいは諜略《ちょうりゃく》し、降伏ないしは内通《ないつう》させたい。

「まずは、長浜城を取り戻そうかの」

秀吉が、前を見たまま呟《つぶや》くように言う。隣で長秀が無言で頷《うなず》いた。

長浜城攻めの時には、ここ佐和山城を拠点としたい。

「お味方くださると思ってよいのでござるな」

秀吉が長秀を正面からじっと見つめた。

「むろんのこと」

長秀は秀吉の視線をしっかりと受けとめる。

「かたじけない」

秀吉は満面の笑みで。長秀の手を取った。

秀吉がふと、振り向いた。

「三成、うたは達者にしておるか」

「はっ」

突然の場違いな問いかけに、三成がとまどっていると、

「二人目を身籠ったと聞くが」

秀吉が続けた。

「は、はい」

自分も半月ほど前に聞いたばかりのことを、この忙しい時期、よくもご存じのことよ。

三成は驚くとともに、
殿はこんなにも自分のことを気にかけていてくださるのか。

感謝の喜びと誇らしさで、胸が高鳴る。

横で長秀が、驚いたように秀吉を見、さっきまでとは明らかに違う目で三成を見ていることも気持ちがよい。

「咲《さき》は三つか」

「はい」

「そうか、かわいいさかりじゃな」

「は」

長女の名前まで覚えてくれている秀吉に感動しながらも、殿はなんで、ここでこんなことを話されるのだろう。

三成は、疑問に思った。

この時期ここで、しかも長秀の前で、訳もなく無駄話に興《きょう》じる秀吉ではない。

「今は、三月《みつき》か、四月《よつき》か」

「三月にございます」

「咲は、そなたの実家で生んだのだったな」

「はい」

うたの母はうたが幼い頃に亡くなった。女手《おんなで》のない実家では出産には不都合だと、うたは、三成の実家で咲を生んだのだ。

「今度こそ、男児を産んでもらわねばならぬ。少し早いが、用心するに越したことはない。うたを石田村に移してはどうか」

「はっ」

ああ、そうだったのか。

ここまで聞いて、三成は秀吉の心が読めた。

長浜城と三成の実家がある石田村は一里ほどしか離れていない。

長浜城の動静を探るのには、すこぶる都合のよい場所だ。それにその辺り一帯を束《たば》ねる「村の武士」である三成の父親の手を借りれば、諜報《ちょうほう》活動が段違いにやりやすくなる。

そういうことか。

三成は、深く頷き、

「そのように致しまする」

と平伏《へいふく》した。

秀吉は、

「そうせい、そうせい」

と上機嫌で言い、隣に立つ長秀に、

「この者の実家は長浜城から一里ほど東の石田村でござる」

と言った。

「ああ」

長秀も得心《とくしん》がいったというように、二度三度と頷いて、

「生まれ来る子のためにも、励まれよ」

三成に笑顔を向けた。

（三）

「明日、石田村へ行くのでございますか」

うたは驚いて訊き返した。

三日ぶりに帰って来た三成は、うたに着替えを手伝わせて、まとわりつく咲に
「良い子にしておったか」

と笑顔を向けたり、

「どうだ、腹の子は健やかに育っておるか」

と、うたの腹を触ったりしてから、

「ちと早いが、そなたを石田村に預けることにした。咲も一緒だ。明日、送って行くから用意をしておくように」

と言ったのだ。

うたは、驚いた。

咲を産む時、女手のないうたの実家では十分な世話ができぬだろうという三成の両親からの申し出で、三成の実家で生んだ。だから、今度も石田村で生むことは承知していた。

しかしまだ、三月《みつき》だ。

初めての咲の時でさえ、八月《やつき》まで長浜城内の屋敷にいた。なのになぜ、今行かねばならないのか。

あっけらかんとして舅《しゅうと》や姑《しゅうとめ》、小舅《こじゅうと》や小姑《こじゅうとめ》にもあまり気を遣わないうただが、とはいえ、三成と夫婦で暮らす家と比べれば、やはり、それなりに遠慮もあり、窮屈《きゅうくつ》だ。できることなら、行きたくない。二人目だから、臨月《りんげつ》に入ってからでもいいと思っていた。

それなのに、なぜ。

「なぜ、こんなにも早く、行かねばならぬのですか」

うたの不満が、語気に出る。

やっかいだな。

三成は思った。

うたが不満に思っているということがわかったのだ。うたは自分に関わりのないこと、関心のないことについては、三成の言うことに些《いささ》かも逆らうことはない。しかし自分が嫌だと思うことは、理由を聞いて納得するまで食い下がる。

お役目上必要だと、理由を説明してやれば納得すると思うが、今度のお役目は、諜報活動。たとえ妻であろうとも、そう簡単に明かすことはできない。

「今度こそ、元気な後継ぎを産んでもらわねばならぬ。用心するに越したことはない」

弱いなぁ。

と思いながら、言ってみた。

案の定《じょう》、納得する様子はない。

「これから忙しゅうなる故、石田村まで送って行く時間がないやもしれぬ」

これはあながち嘘ではない。

「あなたに送っていただかずとも、きよも居ることですし、自分で行けまする」

そうきたか。

「さもあろうが、もう殿に申し上げて、お許しもいただいた」

「え」

「これは主命《しゅめい》も同じなのだ」

「そんな……」

主命と言われては何も言えまい。すまんが従ってくれ。

「とにかく明日、送って行く」

宣言するように言い、

「仕事をするから」

と下がらせた。


主命を出すとは、卑怯《ひきょう》ではないか。

ひとり厨で思い返すに、うたは気が収まらない。しかし、主命と言われればどうしようもない。

うたは棚から三成の湯呑茶碗《ゆのみ》を出してきて、土間《どま》にたたきつけた。

ガチャーン
うたは、すっきりした表情で、別の湯呑茶碗に茶を入れた。

翌朝、三成とうたは、咲を連れて、きよを供に、石田村へ出向いた。

(四)

石田村に着いて、うたと咲を母に預けたあと、三成は、父・正継《まさつぐ》と兄・正澄《まさずみ》と三人、奥の部屋へ入り、余人《よじん》を遠ざけた。

「長浜城を探れとの命《めい》を受けました」

三成が正継の持つ盃《さかずき》に酒を注《そそ》いだ。

「やはり戦か」

正継が溜息まじりに言ってから、盃を口に運ぶ。

「やむを得ませぬ」

三成が正澄の盃に酒を満たし、自らの盃にも注いだ。

「えろう早《はよ》うに、うたを連れて来たと思うたが……ここを拠点に長浜城を探ると申すか」

「はい」

「佐吉《さきち》、そなた、忘れてはおらぬか」

正継が盃を置き、真正面から三成を見つめて言った。

「え」

「ここは長浜城におられるお方のご領地ぞ。我ら、戦となれば、今のご領主にお味方せねばならぬ」

「あ」

思いもよらぬ父の言葉だった。

だが、そうなのだ。地域に根付く「村の武士」はその時々の支配者との関係を築くことで村の安寧《あんねい》を守ってきた。村の自治を認めさせる代償として、戦の時に兵を出す。そのようにして生きてきた。

父上と、兄上と、敵対せねばならぬのか。

三成は途方に暮れる思いだった。

なれど……。

これは、我が殿・羽柴秀吉様の天下取りの戦だ。殿が天下を取られたら、より良い世になることは間違いない。ここは、何が何でも、父上、兄上にお味方願わねば。

三成が意を決し、顔を上げたその時、

「父上、ご冗談が過ぎまする。佐吉が真《ま》に受けて、ほれ、このように悲壮な形相《ぎょうそう》をしておるではありませんか」

正澄が三成の顔を指して笑った。

「え」

三成は訳がわからず、きょとんとした表情で父と兄を交互に見る。

「もう少し、からこうてやろうと思うたに……つまらん奴じゃのう」

正継は、正澄にそう言ってから、

「この父が、そなたと敵味方に分かれる道を選ぶと思うか」

三成に向かって莞爾《かんじ》として笑った。

四月《よつき》ほど前、長浜城が柴田勝家に譲られることを知らされた時、正継は、やっかいなことになった。

と思った。

秀吉と勝家の間で、いずれ戦になることは、誰もがわかっていることだ。

戦になった場合、「村の武士」である正継は、長浜城の主となった勝家に味方するのが筋なのだ。

だが、三成が秀吉に仕《つか》えている。勝家に味方するということは、三成と敵対するということだ。この時代、親兄弟が敵味方に分かれ戦うことも決して珍しい話ではない。

だが……

自分たちには、それはできない。

正継は些かの迷いもなく、そう思う。

敵味方に分かれないことには、些かの迷いもない正継だが、さて、それでは、どうしたらよいか。

答えは二つ。

三成が秀吉から暇《いとま》を取って帰ってくるか、正継が秀吉の味方をするか。

三成が秀吉から暇を取るとは考えられない。

では答えは一つ。

正継が秀吉の味方をする。

しかし、それは「村の武士」の生き方に反する。

うーん。

正継は考え込んだ。

そんな父親の姿を黙って見ていた正澄が、ぼそっと呟くように言った。

「ご領主が替わったことを、うっかり忘れておればよいではありませんか」

「え、正澄、今何と申した」

正継が聞き返す。

「おそらく羽柴様は、北庄の柴田様が雪で動けぬ冬の間に、長浜城を攻めましょう。城を預かる勝豊様はご病気と聞きます。城主が病気で援軍も期待できない。羽柴様は城を取り囲むだけでよいのではありませんか。我らに動員がかかる戦にはなりますまい。ならば、長浜城のご城主が替わられたのをうっかり忘れることもありうる」

正継は驚いた。

正澄はこんな要領のよいことを考える人間ではない。父親の正継から見ても、もう少し物事を気楽に考えられないものかと思うほど、真正面から律義《りちぎ》に考える。それが今は、「長浜城のご城主が替わられたことを忘れておればよい」などと、ちょっと考えると、ふざけていると思われるようなことを言っている。

しかし、内容とは裏腹に、それを言う正澄の語気も表情も必死だった。おそらく、律儀な兄は、弟と敵味方に分かれたくない一心で、真面目にふざけたことを考え、懸命に主張しているのであろう。

「わかった」

正継は正澄を見つめ深く頷いた。

長浜城のご城主が替わられたことを忘れても、長浜城を攻めることになるのだぞ。そのことを思い、内心苦笑するのだが、正澄には何も言わなかった。

そんなわけで、三成が家族を連れて帰って来るよりずいぶん前に、正継と正澄は、秀吉に味方することを決めていたのだ。

「父上もお人が悪い」

三成がほっとしたように、だが、無理やり不満の表情を作り、抗議する。

「いや、すまぬ。佐吉の顔を見ていたら、ちょっとからこうてみとうなった」

正継は笑った。隣で、正澄も笑っている。三成は、すねたように口を尖《とが》らしていたが、やがて我慢しきれず噴き出した。

部屋が明るい笑いに包まれた。

（五）

翌日、正継は、奉公人《ほうこうにん》に近在の者を加えて十人の男を集めた。

その男たちは、三成も知っている者ばかりだが、正継は、改めて三成を紹介し、三成に従うように言った。

「よろしゅう頼む」

三成は男たちに頭を下げ、

「はっ」

男たちは、より深く頭を下げた。


城の中に入り込み、一人ずつ説得して寝返らす。まどろっこしいようだが、寝返った者がまた、何人かを寝返らせるから、ネズミ算式に寝返りの波が広がる。

また城内を探り、戦闘員の人数、武器の数や状態、兵糧《ひょうろう》の様子を知らせる。繋《つな》ぎの方法も決める。

そのような諸々《もろもろ》の事を話し合い、男たちをそれぞれの持ち場に送り出してから、三成は、ひとり宝寺城へ帰る。

これから、宝寺城、佐和山城、そして石田村と、席の温まる暇なく飛び回らなければならない。石田村で一つ屋根の下にある時でも、うたや咲と一緒に過ごす時間は少ないだろう。

「無理をするでないぞ。身体をいとえ」

「良い子にしておるのだぞ。母上、じじさま、ばばさま、伯父上《おじ》、伯母上《おば》の言うことをよう聞いてな」

「母上、よろしくお願いいたしまする」

母に、妻と娘を託《たく》した。

「心配は無用です。うた殿と咲のことは母に任せて、心おきなく、お働きなされ」

なんとも頼もしく微笑《ほほえ》んでくれた。

「父上、兄上、今度私がまかり越しますまで、よろしくお願いいたしまする」

深々と頭を下げ、実家の門を出た。

(六)

十二月に入って二日、秀吉は近江に出兵、長浜城を大軍で囲んだ。

石田村の男衆が事前に城に入りいろいろと工作をしたことが功を奏しようだ。それに長浜城主・柴田勝豊が病《やまい》の床《とこ》にあったこと、北庄は既に雪が深く勝家の援軍を期待できないということも大きかった。勝豊は大した抵抗もできずに、わずか数日で、秀吉に人質を送り、降伏した。

さらに秀吉は美濃《みの》に進駐し、岐阜城も包囲、十二月二十日、信長の三男・信孝を降伏せしめ、信孝が後見《こうけん》するということで岐阜城にあった三法師を安土《あづち》に取り戻した。

翌天正十一年正月、伊勢の滝川一益《たきがわかずます》が勝家に味方して挙兵。執拗《しつよう》に抵抗した。

これらの情報を耳にした勝家は、ついに二月末、北庄から雪をかきわけ、近江に向けて出陣した。

四月に入り、いったん降伏した織田信孝が伊勢の一益と手を結び岐阜へ進出する。秀吉は、近江、伊勢、岐阜と三方面の作戦を強いられ苦戦するものの、やがて優勢に転じ、三方面とも勝利。四月二十三日、賤ヶ岳《しずがたけ》の戦いで敗れた柴田勝家は北庄城へ戻り翌日夫人のお市とともに自害した。一方、岐阜の信孝は降伏し、尾張国《おわりのくに》内海《うつみ》に移され四月二十九日切腹を命じられた。残る伊勢方面の滝川一益は、さらに一月籠城《ひとつきろうじょう》を続けたが、ついに開城。剃髪《ていはつ》して、越前大野に蟄居《ちっきょ》した。

三成は長浜城が落ちてからも、石田村の十人の男衆を使い、また忍びの者を抱える長浜領内の寺に命じて、情報の収集、攪乱《かくらん》、寝返りの奨《すす》めなどの工作に励んだ。

その仕事は地味ではあるが、天王山の戦いの兵站《へいたん》の仕事に続き、槍働きの一番手柄にも匹敵する功名《こうみょう》だと、秀吉に認められ、賞賛された。

（七）

五月末の昼下がり、久しぶりに石田村を訪れた三成は、この度の戦の顛末《てんまつ》を、父・正継と兄・正澄に報告してから、うたのいる部屋へ、顔を出した。

「だんな様、お迎えにも出ませず……」

うたは今にも張り裂けそうな腹を抱えて、大儀《たいぎ》そうに三成の方に身体を向けた。

「何を申す、そんなことは気にせず、ゆっくりしておればよいのだ。どうだ、大事はなかったか」

言いながら三成は部屋に入り、

「いやあ、咲の時もそうであったが、人の腹というものは膨《ふく》らむものじゃのう」

大げさに驚いてみせた。

「まあ、そのような戯言《ざれごと》」

うたは笑った。

戦は終わった。子も間もなく生まれる。子が生まれるまで、夫は自分たちのそばにいてくれるだろう。

うたは安堵《あんど》していた。


「父上～」

庭から、かわいらしい声とともに、咲が勢いよく走って来た。縁《えん》から駆け上がり自分に向かって駆け寄る咲を抱きとめて、

「咲、元気にしておったか」

愛娘《まなむすめ》に思いっ切り頬《ほお》ずりをした。

「父上、お髭《ひげ》が痛《いと》うございます」

咲が抗議するように言う。

「おおこれは、すまん、すまん」

三成が謝るのを見て、

「まあまあ、今、飛ぶ鳥を落とす勢いの羽柴様の信頼厚き石田三成様も、咲には敵《かな》わないようですね」

うたが笑った。

「そのとおりじゃ、咲には敵わん」

三成も笑った。笑いながら、
親子三人、いやもうすぐ四人になるが、このように長閑《のどか》に暮らしたい。
心の底からそう思った。同時に、
そのために、殿の下《もと》、天下を統一し、戦のない世にせねばならぬ。
激しい使命感が湧いてきた。
殿が天下を取られれば、より良い世の中になる。
今まで、漠然とそう思い、他の者にも言ってきた。しかし、より良い世の中とは
どういうものか、今一つ、実感していなかった三成だが、今、妻子を目の前にして
ようやくわかった気がする。
夫婦、親子、兄弟、朋輩《ほうばい》が戦や暮らしの心配をすることなく笑い合える世の中。
そのような世の中にしたい。せねばならぬ。
三成は我を忘れて考えていたのであろう。
「父上。聞いておられぬのですか」
咲の抗議の声で我に返った。
「あ、すまぬ、何であったかな」
「蓮《はす》の花は開く時、ポンという音は致しませぬ。そのかわり風もないのに揺れるの

でございますよ」

「え」

「どこからか蓮が開くとき音がすると聞いてきて、朝早くから池に見に行ったのですよ」

うたが解説を加える。

「そうか、音はせずに揺れるのか」

もう蓮の咲く季節になったか。

どのような激しい戦があろうとも人間の事情とは関係なく自然は移ろいゆくものなのだな。

三成は、そんな当たり前のことを、しみじみ思った。


六月に入ってすぐに、うたは男の子を産んだ。三成の嫡男《ちゃくなん》だ。

その日、目の前の横山の巣で育った幼鷹が、親鷹に連れられて、初めて村の上空を飛んだ。

第七章

浮き城

――忍城水攻め

（一）

天正《てんしょう》十八年六月、武蔵国埼玉郡《むさしのくにさいたまぐん》北部にある小田原北条氏《おだわらほうじょう》傘下《さんか》・成田《なりた》家の居城《きょじょう》・忍《おし》城を、関白《かんぱく》・豊臣秀吉《とよとみひでよし》の諸大夫《しょだいぶ》十二人の一人・石田治部少輔三成《いしだじぶのしょうゆうみつなり》を総大将とする二万を超える大軍が取り囲んでいた。城方《しろがた》の三千のほぼ七倍の勢力である。

その時までに、四国・九州を平定し、越後《えちご》の上杉景勝《うえすぎかげかつ》、三河《みかわ》・遠江《とおとうみ》の徳川家康《とくがわいえやす》を臣従《しんじゅう》させた秀吉は、小田原の北条氏政《うじまさ》・氏直《うじなお》父子に上洛《じょうらく》を要請した。上洛は当然のことながら秀吉への臣従を意味する。北条方はこれを拒否。真田昌幸《さなだまさゆき》の領有する名《な》胡桃《ぐるみ》城を占有するに至る。それに対して秀吉は、討伐令《とうばつれい》を全国の諸大名に発した。

「小田原征伐《せいばつ》」

である。

秀吉は北条家の本城《ほんじょう》である小田原城を囲むかたわら、別働隊を編成、諸将《しょしょう》に支城および北条家傘下の諸領主の城を攻めさせた。その諸隊の一つが、石田三成を総大将に、大谷吉継《おおたによしつぐ》、長束正家《なつかまさいえ》、真田昌幸ほかが率いる総勢二万余の軍であり、その軍が攻める城が、忍城であった。

（二）

着陣三日目の昼下がり。

梅雨の晴れ間とでもいうのだろうか、空は気持ちよく晴れわたっていた。

大谷吉継は、この軍の総大将・石田三成の陣地がある丸墓山《まるはかやま》の頂上から忍城を見下ろしていた。

よく晴れて適当な風もあり、そして雨の季節、埃《ほこり》もあまりたっていない。だから城の姿がよく見える。吉継の隣では、三成が、同じように、沼地に浮いているかのような忍城の本丸を見つめていた。

「やはりやるのか」

吉継の問いに、

「ああ」

三成は、当然のように短く答えた。

「そうか」

吉継も短く言い、三成の端正な横顔を見つめ、小さく溜息《ためいき》をついた。

律義《りちぎ》すぎる。

これから、彼らは忍城攻めを開始する。それにあたって、総大将の三成から全軍の将に示された方法は「水攻め」だった。

水攻め。

そう、この時より八年前の天正十年、まだ織田《おだ》軍団の一部将にすぎなかった秀吉が、備中《びっちゅう》高松城を攻めた時に取った攻城法だ。その「高松城の水攻め」は、それ自体の劇的な光景もさることながら、攻城の最中に起きた本能寺の変、信長の死を秘しての講和、城主・清水宗治《しみずむねはる》の船上での切腹、それを見届けての中国大返しなど数々の逸話《いつわ》で、つとに有名である。

城をまるごと水没させるというこの攻城法を実行するには、長大な堤防《ていぼう》を築かねばならない。それには、多くの人々の動員とそれを可能にする莫大《ばくだい》な金子《きんす》が必要だ。

このことからも、そしてその劇的な光景からも、水攻めは、単に城を落とすというだけでなく、相手の将兵に対してはもちろん、民百姓《たみひゃくしょう》に至る世間の人々に対して、自らの持てる富と権力を見せつける、いわばショーとしての効果も大きい。

まだ二十歳を過ぎたばかりだった三成も吉継も、そのショーを目の当《ま》たりにした。二人は、あらためて自分たちの主《あるじ》・秀吉の大きさに驚き、誇り、その主人のそば近くに仕《つか》えることの喜びに打ち震えた違いない。

俺もいつかやってみたい。

若い二人がそう思ったとしても、あながち不思議なことではあるまい。


歳月が過ぎ、八年の後。

関白となった秀吉は、日本全国をほぼ平定した。小田原北条氏とのこの戦《いくさ》は、平定・統一の、いわば総仕上げの戦である。

その戦において三成は、一軍の将《しょう》に任じられた。二万の大軍を任されたのである。その大軍で目指す城は、忍城。八年前の備中高松城と同じ沼城《ぬまじろ》である。

吉継は、
やるな。

と思った。

三成は、この八年憧れを持って思い続けた水攻めを、きっとやるに違いない。

吉継は、少しの羨望《せんぼう》と大きな期待を持ってそう確信した。

吉継の予想は当たった。

三成は、忍城を見下ろせる丸墓山に陣地を張る前に、吉継と二人だけになった時、

「やるぞ」

と言った。決して大声ではなかった。だが、その言いようは、きっぱりと歯切れよかった。

どうも三成は、大坂を発《た》つ時点で「忍城は水攻めにする」と決めていたらしい。三成にすれば、初めての総大将。そして攻める忍城は沼城だ。永年憧れた水攻めが、
やっとできる。

胸躍る思いだったろう。

吉継とて、三成の立場だったら間違いなく同じ決定を下したと思う。

ただ、三成と吉継との違いを探すなら、
三成はそれを秀吉に言い、許可を得た。

ということだ。

吉継ならそんなことはしない。

自分で決めて、さっさとやる。

戦の方法は本来、現場に一任されているはずで、事前許可など無用である。

が、三成はそれをした。

これを秀吉に対する三成の追従《ついしょう》と取る人は多いだろう。日頃の傲慢《ごうまん》ともとれる自信に満ちた三成の態度から、そう思われても致し方ないのかもしれない。しかし、そうではない。

吉継は、そう言い切れる。彼は、三成の気持ちを理解しているつもりだ。

北近江《きたおうみ》の地侍《じざむらい》の子として生まれた三成は、十五歳の時、当時長浜城主になったばかりの秀吉に仕えた。三献茶の逸話はあまりにも有名であるが、真偽のほどは定かではない。ましてやそこに、吉継が関わったことなど、歴史のどこにも記録されてはいない。ただ、三成の才能、将来性を秀吉が見出《みいだ》す何事かがあったことは間違いないだろう。

三成は才長《た》けた少年だった。

当時秀吉の周りには加藤清正《かとうきよまさ》や福島正則《ふくしままさのり》など三成と同じくらいの歳格好《としかっこう》の少年たちが小姓《こしょう》として仕えていた。が、彼らは皆、腕白坊主の腕自慢。馬鹿ではないが、頭を使うより身体《からだ》を使う方が得意な少年ばかりである、秀吉としては、かわいいがいろいろなことを教えるには少々もの足りなかったに違いない。

そこへ三成が来た。

秀吉は三成の才を見極め、戦術の初歩から、治世、経世済民《けいせいさいみん》など、教えられるものの全てを教え込んだ。

三成にとって、秀吉は主人というよりあらゆることを教わった師匠である。

それまで才が長けすぎ、周りの大人たちのほとんどに「なぜ、こんなことがわからないのか」と疑問を覚えていた三成にとって、秀吉は、初めて、すごい。

と思わせてくれた人間だったに違いない。

これまでに様々なことがあった。権謀術数《けんぼうじゅっすう》を操る秀吉に若者らしい正義の反発を覚えることもあった。だが、結局事が終わってみれば、いつも秀吉は正しかった。少なくとも三成にはそう結論づけられた。

だから、三成には、秀吉だけが絶対で、あらゆるものの基準になった。

故《ゆえ》に、事前に、

「忍城は水攻めにしようと存じます。殿下《でんか》の力を天下に示すためにも一番の方法かと」

と提言して、

「それは良いところに気づいた。ぜひ、そのようにするがよい」

という答えをもらう。
三成にとっては何の不思議もない当然の話なのである。
が、今回に限っては、それが仇《あだ》になった。
三成軍は一昨日、ここに着陣した。
三成が陣を張った丸墓山を訪れて、山上に並んで忍城を見た吉継は、唖然《あぜん》となった。
高松城とは規模が違った。築かねばならぬ堤《つつみ》の長さだけでも四倍を優に超える。
それに、本丸のあるところは、周りより少しだけれど、高い位置にある。
沈まない。
吉継は直感した。
当然、三成もそう思ったはずであった。
吉継は横に立つ三成を見た。
三成は無言だった。無言で忍城を見下ろしている。
「無理だな」

吉継は独り言のように言った。

三成の答えはない。

二人黙ったまま時が流れた。

半刻《はんこく》ほど経っただろうか、やっと三成が口を開いた。

「殿下に文《ふみ》を書く」


そして今日　吉継は再び三成の陣を訪れ、一昨日と同じように山上で三成と並んで立っている。

「やることにした」

三成が短く言った。

「え」

吉継が訊《き》き返すと、

「やることにした」

三成は同じ言葉を繰り返した。

水攻めをやると言っているのか。

言葉の意味を考えるに、そうとしかとれなかった。が、吉継は信じられない。

この城は沈まないぞ。

そう言おうと思ったが、やめた。それぐらいのことが、三成にわからないはずはない。十分わかっているはずだ。

なぜだ。

目で問う吉継に、三成は懐《ふところ》から一通の文を出して渡した。

受け取った吉継は、それを開いた。

それは、秀吉から三成にあてた文だった。

読むぞ。

吉継が目で言い、

読んでくれ。

三成が首肯《しゅこう》した。

吉継は読んだ。読み進むうちに、吉継の表情が曇り、読み終わって、

うーん。

と、唸《うな》った。

秀吉の文に書かれているのは、水攻めについて細々《こまごま》とした教えであった。その書きようは、まさに師匠が愛弟子《まなでし》に教える口調そのものだ。そして、文の最後には、

準備が整ったら教えよ。見学に行くから。

とまで、書いてある。

「殿下は期待しておられる。殿下の思いに背《そむ》くわけにはいかぬ」

三成が前を見たまま言う。涼《すず》やかな切れ長の目が、いつもより少しばかり鋭さを増していた。

一陣の風が吹いた。この季節には珍しく、さわやかな風だ。

吉継とて、三成の気持ちはわかる。ここまで、師であり主である秀吉に言われたら、後には引けまい。

しかし、待てよ。

吉継は、あることに気がついた。

三成は一昨日秀吉に文を書くと言った。おそらく、この男のことだ、忍城が水攻めには向かないことを、理路整然《りろせいぜん》と綴《つづ》ったに違いない。今読んだ秀吉の文は、その返事か。いや違う。たぶん、三成からの文を目にする前に書いたものだろう。だとすれば、

お前の文で、殿下にもおわかりいただけるのではないか。

そういう思いを込めて、

「もう一日、待ってみたらどうだ」

吉継は言ってみた。が、

「いや」

三成はきっぱり否定した。

「殿下は水攻めをお望みじゃ」

殿下が望まれることなら、どんな困難なことでもやり遂げねばならぬ。我らには
わからぬが、殿下がやろうとお思いなさることに間違いはない。それが最善の方法
なのだ。

そんな思いを三成は短い言葉で表現した。

「堤造りを開始する」

吉継はしばらく黙った。三成を思いとどまらせる方法を探した。無駄だった。だ
が、無駄だと知りつつ、どうしても念を押さずにはいられなかった。

「本当にやるのか」

「ああ」

短すぎる三成の答えに、吉継は、言葉を重ねた。

「この軍の総大将はお前だ。全てお前に任されているんだぞ」

だから、たとえ殿下のご意向でも、お前が無理だと思えば、やめられる。他の戦法に変えられるんだぞ。

そこまであからさまには言わなかったが、吉継の気持ちは三成にも伝わったはずだ。というより、吉継の主張は、その当時、武士たちの常識だった。

だが、三成の答えは、

「だから、やる」

だった。

吉継は、

律義すぎる。

と、溜息をつくしかなかった。

しかし、そんな三成を嫌いではない。いやむしろその不器用さが大好きだ。

吉継は、自分の表情が緩《ゆる》んでいるのに気がついた。そして、

つきあうぜ。

そう言って三成の肩をたたこうとしている自分にも、

呆《あき》れたやつだ、

と、溜息をつくのだった。

（三）

しまったな。

小田原城から南西に一里余り、城を見下ろす笠懸山《かさがけやま》の陣地で三成からの文を読んだ秀吉は、心の中でそう呟《つぶや》き、苦笑した。

三成は、忍城を目の当たりにして、水攻めの困難さに気づき、それを事細かに書いてきていた。それを読むに、秀吉も、
こりゃあ、難しいぞ。

と思った。

「やめろ」と言ってほしいのだろうな。

三成の気持ちが手に取るようにわかる。

三成は、事前に「水攻め」を提言し、秀吉の賛同を得た。三成にとっては、それはもう、秀吉に命令されたに等しい。とても「やめたい」とは言えないのだ。だから、水攻めの困難を縷々《るる》述べた文を寄こした。秀吉に「やめろ」の一言をもらうために。

しかし秀吉は、この文を見る前に、水攻めをするものとして、細々とした指示の

文を送ってしまっていた。

わしとしたことが、はやまったな。

後悔とは縁の薄いこの男が、少しだけ後悔した。

かわいそうなことをした。あの文で、やめられなくしてしまった。

秀吉からの文を見た三成は、すぐに水攻めのための堤造りに取りかかるだろう。

そういう奴だ。

と、秀吉は溜息をつく。

むろん、三成にも、その文が、自分の文への返事ではないことは承知している。自分の文を読む前に書かれたものだということはわかっているのだ。しかし、秀吉の文からは、秀吉が、水攻めを望んでいることが見て取れる。

殿下が望んでおられる。

三成にとって、それが何よりの判断基準だ。

殿下が間違ったことをなさるはずがない。

その思いは、信仰に近い。

そのことは、秀吉も十分承知している。

あの時からだ。

秀吉は八年前に思いをはせた。

秀吉は、本能寺の変の起きることを事前に知っていた。知っていて信長にそれを伝えず見殺しにした。全ては天下を手中にするためだ。

自分の方が信長様より、より良い世を作れる。

そういう自負《じふ》があった。

しかし、いくら言い繕《つくろ》っても、主を見殺しにした言い訳にはならない。

三成はそのことを知った。そして嫌悪《けんお》した。しかし、自分ではどうすることもできない。

悩み苦しんだが、世の中は治まり、人々の暮らしも以前より良くなっている。

よかったのか。

が、
よかったんだ。

になり、やがて、
我が殿・秀吉様のなされることは、絶対に正しい。

となっていった。

今や、秀吉自身があきれるほどだ。


たぶん、明日か明後日には、堤造りに取りかかったとの報告が届くだろう。

やめろと言ってやろうか。

秀吉は、ふと思った。だが、すぐに思い直した。

遅いのだ。

もう諸将に、築堤《ちくてい》を下知《げち》したに違いない。それを、上から秀吉が止める。そんなことをしたら、総大将としての権威は吹っ飛んでなくなる。

本丸が沈まずとも、周りに水を入れ囲んでおればやがて落ちる。

秀吉は、安易に考えていた。

たかが三千が籠《こも》る城。それも城主は小田原城に入っていて留守だ。こちらは二万。勝敗は誰の目にも明らかだ。

他人にない才がある故に、いつも兵站《へいたん》だの事前・事後の交渉だのと縁の下の力持ち的な役割ばかりで戦場《いくさば》での派手な手柄《てがら》の少ない三成。この人事は、そんな三成に手柄をたてさせて箔《はく》を付けさせるためのものだった。

気楽にやればよい。

秀吉は、あくまでも楽観的だった。

それにしても、あやつは……。

秀吉は、自分を絶対視する三成を思い、また、苦笑した。

悪い気はしない。かわいくないはずがない。だが、こうも無条件に信頼されると、

わしも人間、間違うこともあるぞ。

と、日本一の頭脳と自負し、位人臣《くらいじんしん》を極めたこの男には似合わぬ思いも湧《わ》いてくる。

佐吉《さきち》よ。

秀吉は目の前に三成がいるかのごとく、幼名《ようみょう》で呼びかけた。

独り立ちせよ。お前には十分すぎるほどの力があるのだ。

独り立ちを望むと言いながら、先日のような文をやり、結果的に、三成の行動を縛《しば》ってしまっている矛盾《むじゅん》に気がつかない。この瞬間の秀吉は、主、師匠を超えて、父親なのかもしれなかった。

（四）

「俺ってすごい！」

三成は、丸墓山から眼下に広がる光景を眺め、そう叫びたい衝動を辛《かろ》うじて抑えた。

半刻《はんこく》前、堤造りの全ての作業が完了したと報告を受けたのだ。三成はすぐに丸墓山に登った。

堤を築き始めてから七日。高さ二間《けん》、上底幅《じょうていはば》三間、下底幅《かていはば》六間、全長七里の堤が出来上がったのだ。むろん、一から全部を作ったのでは、これほど早く出来るはずがない。自然堤防や微高地《びこうち》を巧みにつなぎ合わせた。そしてそれは全て三成自身が指示をしたものだった。

普請《ふしん》は、金に糸目をつけず、人を雇った。お互いに競わせて、出来た結果の質と量によって賃金を決めるやり方は、皆にやる気を起こさせる。

全長七里は、高松城の七倍だ。眼下に見下ろす光景は、なんとも雄大で、心地よく、

俺がやった。

三成をしばしの間酔わすには十分であった。

が、三成の陶酔《とうすい》はごく短い時間で終わった。

「大谷刑部少輔《ぎょうぶのしょうゆう》様、お見えにございます」

の声が終わらぬうちに、

「何を一人でニヤついておる」

ズカズカと大股で登ってきた吉継に、背中をどやされた。

「何を言う。誰がニヤついてなどおるものか」

三成は言い返し、殊更《ことさら》に難しい表情を作り吉継を睨《にら》んだ。

自分を睨む三成にからかうような笑顔をむけて、吉継は、

「まあ、よい。どれ、俺も堤見物をさせてもらおうか」

そう言って、三成の隣に並んで立った。

どうだ。

三成は無言で吉継を見つめた。

「よくこれだけのものをこの短い間に築けたものだな」

吉継がそう言って溜息をついている。

「ああ」

三成は短く答えながら、
ひょっとしたらうまくいくかもしれない。

と思っている自分に気がついた。

見ると、吉継も満足げに表情を緩めている。

こいつも自分と同じように思っているに違いない。

三成は確信した。

冷静なこの男にしては珍しく、「本丸のある土地が周りよりも少しだけ高い」という現実を忘れたかのようだ。それほどに自分の仕事の成果に酔っていた。

「殿下をお招きするのか」

堤が出来上がったら見に行くと書いてあった秀吉の文を思い出したのだろうか、吉継が訊《たず》ねた。

「いや、あれは我らを励ます方便《ほうべん》じゃ。女子《おなご》を呼び寄せ、茶会などなさって半分遊びのようにしておいでだが、まさか陣をお離れになることはあるまい」

応えながら三成は、
殿下はこれをご覧になったら、何とおっしゃってくださるだろう。殿下にお見せしたい。

言葉とは反対のことを考えていた。

「いつ水を入れる」

吉継の問いかけに我に返って、

「明日だ」

三成は答えた。

「そろそろ雨も降る」

「そうだな。その雨も我らを手伝《てつど》うてくれようて」

二人は揃《そろ》って、目を天に向けた。

少し前より雲の流れが速くなっていた。

堤を築く間中、邪魔な雨は降らなかった。その一事《いちじ》をもってしても、
ついている
と、三成は思う。

大雨が降り、ひょっとしたら本丸も沈むかもしれない。

この男にしては珍しく、手前勝手に楽観的な予測を立てていた。

（五）

大した男だ。

吉継は自分の陣地に戻っていた。水攻めと決まっているから、将たる吉継には取り立ててすることはない。小姓を下がらせ、一人になった吉継は、三成のことを思った。

あれだけのものを七日で仕上げるとは、やはり只者《ただもの》ではない。しかも、指示はほとんど三成一人が出している。もっとも、自然堤防や微高地を巧みにつなぎ合わせるなどという築堤法はここに来ている将たちの中で三成にしかできないことだから、致し方ないのだが。

吉継は、あらためて三成の偉大さを思う。

ひょっとしたら、そういう才は、殿下以上かもしれない。あやつに、殿下のような「人たらしの術」があれば、天下が取れる。

そこまで考えて、吉継は、

ないものねだりだな。

と、苦笑した。

三成は、他人の心を慮《おもんぱか》るということが苦手なようだ。このように言うと、三成が思いやり、やさしさに欠ける人間のように思うが、そうではない。ただ三成自身が、切れすぎる、真っ当すぎるのだ。だから周りの者たちのちょっとした間違いや不正が理解できない。理解できないことは問いただす。三成にしてみればそれだけのことなのだが、相手は間違いを責め立てられた、不正を糾弾《きゅうだん》されたと思い込む。

そんな輩《やから》が、

治部少は器量が小さい。

と言い立てた。

吉継に言わせれば

「どっちの器量が小さいんだ」

ということになるのだが、世間には悪い評判ほど広まりやすい。

冷徹。

ならまだいい。

高慢で冷血。

石田三成像が出来上がっていた。

かわいいところもあるのになぁ。

吉継はつい先ほどまで一緒にいた三成を思い出していた。

自分が築いた堤を眺めて、自分の才能に酔いしれていた。それを見透《みす》かされた時のはにかんだ様子。思わず微笑《ほほえ》んでしまうほどかわいかった。

あのかわいらしさを知っているのは、おそらく殿下と自分だけだ。

吉継は、三成を嫌っている者たちに教えて回りたいような、また反対に、誰にも秘密にしておきたいような、不思議な気持ちになっていた。

（六）

翌朝、堤の中に水が入れられた。

吉継は三成とともに丸墓山に登ってそれを見た。吉継の脳裏《のうり》に八年前の備中高松城の光景が若き日の感動とともに蘇《よみがえ》った。特に、城主・清水宗治の船上での切腹という荘厳《そうごん》な死の儀式を目の当たりにして、敵ではあってもその潔《いさぎよ》さに感銘《かんめい》を受けた。信長の死を秘しての講和であっただけに、少なからぬ後ろめたさを感じ、主・

秀吉、そしてその上の信長に、批判めいた考えを持ったことを思い出した。

この男は、あんなことはするまい。

隣に立っている三成を見た。

あのとき三成は、義憤《ぎふん》に燃えていた。それを吉継がなだめすかして……。

吉継は、船上の敵将を見つめる三成の何とも言えぬ表情を記憶していた。

そこまで思って吉継は、この水攻めの成功を思っている自分に気がついた。

吉継がこうなのだ。自分の作品のような堤に水が入っていくのを見ている三成が、成功を思うのは無理からぬことだ。ましてや他の将兵たちは、この水攻めの困難さを二人のようにわかってはいない。

この時、攻め手の将兵誰もが、勝利が近いことを確信していた。

だが……


昼過ぎから雨になった。

雨脚《あまあし》がかなり激しい。梅雨明け前の豪雨だ。

吉継は、外に出て見た。水嵩《みずかさ》は増している。二の丸、三の丸は、浸水しているようだ。だが本丸は、豪雨の中でも、ぽっかりと、まるで浮かんでいるかのようだ。

やはり沈まぬか。
吉継は呟き、溜息をついた。
夕刻《ゆうこく》から、雨はさらに激しさを増した。
そして、深夜。
ゴーッ
激しい水音に飛び起きた吉継は、
「堤が決壊したようでございます」
との注進を受けた。
城を沈める水が、一気に攻め手の方へ押し寄せているという。
「兵馬《へいば》を高台に移動させよ」
そう命じて吉継は、自らは丸墓山に急いだ。

丸墓山の頂《いただき》に登ると既に三成が、城と堤を見下ろす位置に立っていた。

「切れるはずはないのだがな」

吉継の姿を見るなり三成が言った。

「敵の大将は、人気があるようだな」

「え」

「手抜きだ。工夫《こうふ》の中に敵将を慕《した》うものがかなりの人数混じっていた。わからぬように、切れる細工をされたんだ。お前の計算に誤りのあろうはずがない」

吉継が言ったことは、慰めでも気安めでもない。吉継の正直な気持ちだった。三成の指示どおり造られていたら、いくら豪雨だとはいえ、決壊するはずはないと信じている。

「そうだな」

応える三成の表情が和《やわ》らいだ。

雨はいつの間にかやんでいた。

「明日の朝、諸将に集まっていただく。堤を壊し、打って出る」

そういう三成の表情に、迷いの影はない。

水攻めの呪縛《じゅばく》から解き放たれたな。

吉継は、ほっとする思いで三成を見つめた。

夜が白々と明け始めた。

忍城の本丸が、眼下に姿を現した。それは昨日と変わらず、ぽっかりと水に浮かんでいるようだった。

（七）

結局、忍城は落ちなかった。七月、小田原本城が落城したため、落城せぬまま開城となる。

二万の大軍でたった三千の守る城を落とせなかった三成は「戦下手《いくさべた》」と言われた。三成に箔を付けるための秀吉の人事が、全く逆効果になってしまった。

陣を払い馬を歩ませる三成の背中を見つめる吉継が、
お前は、よくやった。すごい奴だ。そのことを、殿下はよくご存じだ。俺も知っている。

心の中で語りかけた。

梅雨明け前に始まった戦だった。

今、戦いが終わり、暦《こよみ》の上では秋になった。

厳しい残暑の中を行く兵たちの頬《ほお》を、
すうっ
秋風が撫《な》でていった。

第八章

友情のかたち

——三成襲撃事件

（一）

夕刻《ゆうこく》に降った雨が埃《ほこり》を流して清々《すがすが》しい。値千金《あたいせんきん》の春の宵《よい》。月は若いが、辛《かろ》うじてまだ西の空に残っていた。時折吹く微風《そよかぜ》が、少しの酒で熱《ほて》った頰《ほお》を気持ちよく撫《な》でていく。

阿波《あわ》徳島領主・蜂須賀《はちすか》家の大坂屋敷。

主《あるじ》の蜂須賀家政《いえまさ》は、盃《さかずき》を持ったまま、庭に出て、咲きかけた牡丹《ぼたん》の花のそばにしばし、立った。その様子は、どことはなしに悩ましげで、とても花月《かげつ》を愛《め》でているふうには見えない。

一刻《いっこく》ほど前に、加藤清正《かとうきよまさ》と福島正則《ふくしままさのり》が連れだって訪ねてきて、つい今しがた帰ったところだ。用件は聞かずともわかった。気持ちのいい春の宵、花鳥風月《かちょうふうげつ》を愛でながら一献《いっこん》傾けようなどという穏やかなものではない。かねてから企《くわだ》てていた一件をいよいよ実行に移すというのだ。

その一件とは、

石田三成《いしだみつなり》を討つ。

去年、慶長《けいちょう》三年八月十八日、太閤《たいこう》・豊臣秀吉《とよとみひでよし》が伏見《ふしみ》城において波乱の生涯を終えた。享年《きょうねん》六十二。

その時、家政は既に帰国し国許《くにもと》の阿波徳島に在ったが、清正と正則はまだ、遠く朝鮮半島で明《みん》・朝鮮軍と交戦中だった。

彼らは、

「殿下《でんか》没す」

の報《しら》せに、悲しむ間もなく急ぎ講和を結び帰国する。

長い外地での戦いで疲れ果て、やっとの思いで祖国の地を踏んだ彼らを、三成たち奉行衆《ぶぎょうしゅう》が出迎えた。

「ご苦労でござった」

ニコリともせず事務的な口調で淡々《たんたん》と迎え、手際《てぎわ》よく将兵の列を捌《さば》いていく三成に、二人をはじめ帰国した将兵たちの多くは、激しい怒りを覚えたという。

三成に悪気はない。

それは、少なくとも清正、正則の二人には、よくわかっているはずだ。二人とも

三成とは、もう二十年以上の付き合いだ。三成の気性は十分に知っている。この時は、ねぎらいの言葉などよりも、

一刻も早く休ませてやりたい。

そういう三成なりの心配りだ。それは重々わかってはいるが、面と向かってそういう態度をとられると、

もう少しましな言いようはないのか。

と思ってしまう。そして、

自分は戦《いくさ》に出ず、ちょっとの間戦場《いくさば》にやって来ては、あることないこと殿下に告げ口しやがって。

と、無性に腹が立つのだろう。

家政とて三成に対しては、二人と同様の感情を抱いていた。

家政は、明・朝鮮との戦において、秀吉の勘気に触れ、領地の一部を没収《ぼっしゅう》され、国許で謹慎《きんしん》させられていた。

朝鮮での戦は、最初のうちこそ順調に勝ち進んだが、本格的な明軍の参戦と朝鮮民衆の蜂起《ほうき》、加えて李舜臣《イスンシン》率いる水軍の活躍で補給路を断たれるなど、次第に戦況

は悪化、泥沼化の様相を呈した。

そのような状況の中、広大な敵地での戦に疲れ果てた現地の武将たちは、講和を視野に入れた戦線縮小を合議決定し、実行した。当然のことながら、それは秀吉の思惑《おもわく》には反するものだ。

将《しょう》たちの一方的な報せに驚愕《きょうがく》し、三成配下の戦目付《いくさめつけ》から詳しい報告を受けた秀吉は、激怒した。

家政は、なぜか黒田長政《くろだながまさ》とともに、その首謀者《しゅぼうしゃ》とされたらしい。

帰国して処分を知らされた家政は、秀吉に会って直接話がしたいと思い、申し出たが叶《かな》わなかった。

あいつが邪魔をしている。

家政は少々強引だとはわかりつつ、三成のせいにし、三成に腹を立てることにより自らの心の平衡《へいこう》を保った。

考えてみれば、秀吉を亡くしてからの子飼いといわれた武将たちは、三成を事実以上に悪者にすることによって、彼らにとって単に主というだけではなく時に慈父《じふ》であり師であった秀吉を失った喪失感や悲しみ、寂しさから逃れていたのかもしれない。

そのことは、彼らの中の誰一人として、絶対に認めないだろうが。

去年、秀吉が亡くなった後、五大老筆頭《ごたいろうひっとう》の徳川家康《とくがわいえやす》が、家政と長政の没収された領地を元に返してはどうかと言ってくれたことがあった。戦線を縮小していたからこそ、秀吉の死をうけて、速《すみ》やかに講和・帰国ができたのだと。

他の四人の大老たちは、ほぼ家康に同意したそうだ。だが、奉行衆、特に三成が強硬《きょうこう》に反対したらしい。

太閤殿下がお決めになったことを覆《くつがえ》せるのは太閤殿下のみだ。

というのがその理由だという。

それを聞いた家政は、

三成め、己《おのれ》一人が殿下の全てをわかっていると思っておるわ。そして殿下を大切に思っているのも己一人だけだと。

と、片腹《かたはら》痛い思いだった。

家政の亡父《ぼうふ》・小六正勝《ころくまさかつ》は、秀吉の側近中の側近だった。秀吉が信長《のぶなが》に仕《つか》える前からの関係だ。はじめ秀吉が、村の武士と呼ばれる郷士《ごうし》だった小六に仕えていたという話もどこからか聞こえてきたが、真偽のほどはわからない。そのことについて小六は何も言わなかった。

いずれにしても、家政は、生まれた時から秀吉に、その存在を知られていた。宴《うたげ》の席で秀吉が、家政が生まれた時の様子をおもしろおかしく話してくれたこともある。そしてこれは父から聞いた話だが、秀吉に抱かれて小便をひっかけたことがあるという。その時子供好きの秀吉は上機嫌で笑いながら、おしめを替えてくれたそうだ。その話は誰にも話したことはない。けれど、家政の密かな自慢だった。

側近として重用《ちょうよう》される三成に軽い嫉妬《しっと》を感じながらも、その優越感を持つことで、二歳年上の余裕を保つことができていた。

去年のことも、三成の反対により、没収された領地が返ってこないことよりも、太閤殿下がお決めになったことを覆せるのは太閤殿下だけだ。

と三成が言い放ったことの方が不快だった。

片腹痛い。

と自らに余裕を見せてはいるものの、三成に対して激しい怒りを感じるのを禁じ得なかった。

三成を討つ。

清正からその企てを持ちかけられたのは、それから間もなくのことだった。

最初、家政は、
またか。

と思った。

清正は二十年このかた、同じことを言っている。どのような場合においても正論を振りかざし理詰めでくる三成の態度が、清正にはいちいち癇《かん》に障《さわ》るらしい。

「おのれ三成、殺してやる」

よく絶叫していたものだ。むろん実行に移すことはない。

家政は、今度もそれだと思っていた。

だが、話を聞くに、いつものそれとは違っていた。福島正則、黒田長政、浅野幸《あさのよし》長《なが》、細川忠興《ほそかわただおき》、藤堂高虎《とうどうたかとら》も同腹《どうふく》だという。清正と家政を加えて七人、皆、朝鮮の戦場での三成をはじめとする戦目付としての奉行衆の振る舞いを腹に据《す》えかねた者たちだ。

家政にしても、清正、正則にしても、大名となり一軍の将となっていても、気持ちは小姓《こしょう》時代のままだ。秀吉とは一心同体《いっしんどうたい》と思っている。だから、自分たちに戦目付がつくなど考えられなかった。だが、朝鮮に渡った将たちの中には、外様《とざま》の将も多くいる。だから、戦目付は彼らを監視するためのもの。自分たちにとっては伝令の兵と何ら変わることはない。そう考えていた。

しかし、戦目付たちは家政たちを外様大名たちと区別することなく監視し、彼らが問題ありと思うことは容赦《ようしゃ》なく秀吉に報告し、処分を促した。

なんと憎いやつらよ。

ということになる。

奉行たちの中では、家政も清正も正則も、三成との付き合いが一番長い。そりが合わぬとは言え、多感な時期をともに秀吉のそば近く仕えた仲だ。気心は知れている。だが、こんな場合、怒りは往々にして近しい者の方に向く。家政たちは三成に怒りをぶつけた。

自然、他の将たちの不満や怒りも三成に集中した。

家政は今や不惑《ふわく》を越えた。他の六人も、浅野幸長と黒田長政は十歳以上年下だ

が、残りの四人は家政とほとんど変わらない歳だ。腹立ちまぎれに襲撃を行うほど、若くはない。だから、

この先、三成をはじめとする奉行たちに政《まつりごと》を牛耳《ぎゅうじ》られてはたまらない。戦場で命がけの働きをした者が報われなくなる。

という自分に向けての理由を用意した。

生命《いのち》まで奪おうとは思わない。が、三成には政の場から消えてほしい。

おそらく他の六人の思いも家政のそれと、そう大きくは違ってはいまい。

家政は自分でも驚くほどすんなりと三成襲撃に同意していた。ただ、その時心にかかった思いをそのまま口にした。

「大納言《だいなごん》様が黙って見ておいでになるとは思えん」

大納言・前田利家《まえだとしいえ》は、秀吉亡き後、幼い世継ぎ・秀頼《ひでより》の後見《こうけん》として大坂城に在る。利家は、何かとぶつかる家政たち武断《ぶだん》派と三成をはじめとする奉行たち文治《ぶんち》派のどちらにも睨《にら》みをきかせ緩衝材《かんしょうざい》の役割を果たしていた。その利家がこの企てを知ったなら、看過《かんか》するはずがない。なんとしてでも止めようとするだろう。

武将としての経歴からも、また、その誠実な人柄からも、多くの将兵たちに尊敬

され慕《した》われている利家だ。家政も清正も正則も、一目《いちもく》も二目も置いている。その利家が止めたなら、無視するわけにはいかない。

その利家は、今病《やまい》を得て死の床《とこ》にある。


「ああ、大納言様がご存命のうちは無理だ」

清正が淡々と言った。

「え、おい」

家政が少し驚いてたしなめると、

「ご容態がよくないらしい。亡くなられるのを心待ちにしているようで心苦しいが」

申し訳なさそうに呟《つぶや》いた。

隣で正則が神妙な様子で頷《うなず》く。

家政は大きく溜息《ためいき》をついた。

今日の午前《ひるまえ》、利家が亡くなったという報せが届いた。

そして今、清正と正則が来て、明日の夜半《やはん》の襲撃を打ち合わせて帰って行った。

いよいよだ。

咲きかけた牡丹の花の傍《かたわ》らに立った家政は、

「さてと」

一言発して屋敷へと入って行った。

（二）

朝鮮の役での処分を遺恨《いこん》に思ってのことなのだろうか。

石田三成は濡《ぬ》れ縁《えん》に座り考えた。

日が暮れて月も既に沈んだ。

今しがた、巷《ちまた》の情報を集める者から、

「加藤主計頭《かずえのかみ》様、福島左衛門大夫《さえもんのたいふ》様ほか数名の方々が密かに軍勢を整えておられます」

という報せがもたらされた。

的はわしか。

前田利家の死期が迫っていると誰の目にもわかるようになった頃から、何か予感のようなものがあった。いつも何かとつっかかってくる清正が静かなのだ。といって、友好的になったのかというと、全く違う。確かな敵意はある。静かなだけに不気味だった。

恨《うら》まれても仕方ないか。

三成はどこか他人事《ひとごと》のように呟き、溜息をついた。

秀吉から、

日本国内を平定したら、朝鮮を従え、明に攻め入る。

という話を聞いたのは、ずいぶんと昔のことだったように思う。定かではないが、山崎の合戦《かっせん》で明智光秀《あけちみつひで》を斃《たお》した直後だったような気がする。主君・織田信長の仇《かたき》を討ったとはいえ、まだ世の中がどう転ぶかわからない時期だ。だからその頃のそれは、三成には現実味のない夢物語にしか聞こえなかった。

三成は秀吉の語ってくれる物語としておもしろく聞き、そして忘れしまっていた。しかし、当の秀吉はどうも本気で考えていたらしい。

三成が秀吉に、唐入《からい》りの拠点として、肥前国《ひぜんのくに》松浦郡名護屋《なごや》の地に城を築くという話を聞いたのは、九州平定後のことだった。国内には未《いま》だ、奥州《おうしゅう》の伊達《だて》、関東の北条《ほうじょう》と、服従せぬものがあるというのに、それらは時間の問題と、もう秀吉の関心は唐・天竺《てんじく》へ向いている。

やはり自分とは違う。

三成は、今更ながら秀吉の偉大さを痛感したのだった。

けれども、秀吉の意を受けて、準備を整えていくうちに、あまりにも話が大きく、実現不可能な気がしてくる。

三成は、堺《さかい》の商人出身で今は肥後《ひご》半国を領有する大名となっている小西行長《こにしゆきなが》と親しい関係にある。その行長が、出自《しゅつじ》上、交易重視の立場から、無謀《むぼう》な出兵だと反対した。

行長の話を聞くに、三成にも大義のない無理な企てに思えてくる。しかし、殿下のなされることに間違いがあろうはずがない。

二十余年、そば近くで秀吉の偉大さをつぶさに見てきた三成だ。その思いはもう、法も正義も超越している。

だが三成もまた、万人に評価される実務能力だけでなく、思考力、判断力においても非凡なのだ。その優れた能力が、行長の言うことに同意する。

三成は悩んだ。

平定した九州の仕置き、奥州、関東へ向けての征伐《せいばつ》の準備、それらに忙殺されながら、頭の片隅、いや相当部分で唐入りの是非を考えていた。

そんな時、家政や清正や正則はどうだったか。彼らは何も考えることなく、ただ勇み、祭りのように浮かれ、戦の準備をしていただけだ。

いよいよ渡海の時が来ると、彼らは嬉々《きき》として出陣していった。

三成は、そんな彼らが羨《うらや》ましかった。何の迷いも憂《うれ》いもなく単純に秀吉のことを信じるだけでよい彼らが、羨ましすぎて腹が立った。

「馬鹿どもめが」

そんな言葉を吐き捨てて、彼らを軽蔑することによって、心の平衡を保っていたのだった。

しかし時が経つにつれて、戦好きの彼らも、敵地での滞在が長引き、思わしくない戦況に、やっと戦に倦《う》んできた。

考えることが得意ではない連中だ。嫌になったとなると行動に移すのは早い。

現地武将だけで戦線縮小を合議決定し、事後報告を寄こしてきた。

あれほど浮かれて出て行って、ある意味殿下をけしかけた奴らが。

三成たち後方の者のことを、その苦労を知ろうともしないで、
何もせずに、殿下のおそばでのうのうとしている奴ら。

と蔑《さげす》み憎む者たちだ。

勝手な奴らだ。

腹が立たぬこともなかったが、
あの清正が、正則がそして家政が、戦線縮小を思い実行した。それほどまでに悲惨な戦況だったのだ。

と、冷静に判断し、
殿下にはご理解願わねば。

と思っていた矢先、三成配下の目付が、戦線縮小の詳細を報告、首謀者として、蜂須賀家政、黒田長政の二人をあげた。

秀吉は激怒し、二人を呼び戻し、領地の一部を没収の上国許で謹慎させる旨《むね》の沙《さ》汰《た》を下した。

三成がそれを知ったのは、二人の処分が下された後だった。遅かった。もう何も

できなかった。

しかし、なぜ首謀者を家政と長政に特定できたのか。

三成にはそれが不思議だった。

戦線縮小は諸将《しょしょう》の合議だと聞く。唐入りに批判的な小西行長などもいる中、あの二人がそれを主導するとは思えない。

ひょっとすると、その目付と、家政、長政の二人との間に何か感情のもつれがあったのかもしれない。

三成は考える。

そもそも自分たちに戦目付がつくということ自体が気に入らない、秀吉の子飼いといわれた武将たちだ。何かにつけて目付たちに不快な思いをさせる言動や行動があったことは、三成自身の経験から十分想像できる。

目付たちも腹に据《す》えかねていたことだろう。

そこへ、戦線縮小という命令違反を秀吉に報告する機会を得る。

その目付は、家政と長政に何か言われるか、されるかしたのではないか。その恨みをここぞとばかりに晴らしたのだろう。

三成は配下の目付を責めなかった。

彼は彼の仕事をしただけ。

多忙な三成を気遣《きづか》い、秀吉は三成配下の目付たちに、直接報告することを許していたのだ。

ただ、三成は、配下の目付の諸将に対する感情に、気づかなかったことを悔いた。

家政と長政の二人に罪のないことは、三成もよく知っている。

いつか殿下の機嫌のいい折を見て、取りなしてやろう。

そう思っていた。

しかし、その機会を得ることなく、秀吉が没した。

去年、徳川家康が二人の処分を取り消し、没収された領地を元に戻そうと言った時、本心はもろ手を挙げて賛成したかった。でも、できなかった。

それは、なぜか。

言い出したのが、家康だったからだ。

豊臣世継ぎの秀頼は、まだ七歳と幼い。秀吉亡き後、政は、秀吉から任命された五大老の合議によって取り決められ、三成たち奉行衆が実務を行うことになっている。

五大老とは、

徳川家康五十七歳、関東二百五十六万石《ごく》
前田利家六十二歳、加賀《かが》八十三万石
毛利輝元《もうりてるもと》四十七歳、安芸備後《あきびんご》百二十万石
宇喜多秀家《うきたひでいえ》二十八歳、備前《びぜん》五十七万石
上杉景勝《うえすぎかげかつ》四十四歳、会津《あいづ》百二十万石

の五人をいう。

年齢、石高《こくだか》だけを見ても、五人の中で家康の力が突出しているのがわかる。

豊臣政権の筆頭大老として政務をとっていると思えば頼もしいが、家康とて、戦国乱世を生きてきた男だ。天下を狙って何の不思議もない。むしろそれが自然なのだ。いつ、秀頼に刃《やいば》を向けるかわからない。

三成は警戒していた。

家康は武将としての実力でも他に比肩《ひけん》する者はいない。この国で唯一人、戦において秀吉に負けなかった人間だ。家政たち武断派からの人気は高い。

三成は現状以上に家政たちと家康を近づけたくなかったのだ。

だから、
家政と長政の没収された領地を元に返してやろう。

という家康からの提案に賛成することは絶対にできなかった。

もし、その案が通ったら、二人は家康に恩義を感じることだろう。今まで以上に家康との距離が近くなる。そしてそれは、家康の天下が近づくことだ。

三成は頑《がん》として反対した。

家康のほかの四人の大老は、家政と長政への同情から、ほぼ家康に同意した。それでも三成は折れなかった。

最後には、

「太閤殿下がお決めになったことを覆せるのは太閤殿下のみだ」

そう言い放った。

これに、他の奉行衆が同意した。

結局、大老側が根負《こんま》けの状態で、家康の案は流れた。

このことが家政や長政に知れたら、当然二人は、三成のことを恨みに思うだろう。他の将に対しても似たようなことが少なからず、あった。

三成が、

恨まれても仕方がないか。

と思うのは、このような理由からだ。

だが、恨まれても仕方がないとは思うものの、襲われて討たれても仕方がないとは、当たり前の話だが、思わない。

この日が来ることは前々から予期していた。だから三成は、慌《あわ》てない。

なんとかこの危機を無事に乗り切らねばならぬ。

三成はずっと以前から考えていた。考えているうちに、

この機会を逆手《さかて》にとって、家康を討てないものか。

という思いに至ったのだった。

攻撃は最大最良の防御《ぼうぎょ》だ。

それに、

秀頼君《ぎみ》の御為《おんため》に、なんとしても家康の脅威を取り除いておきたい。

三成は密かに手を打っていた。

三成は家康に対抗するために、大老の一人である毛利輝元に近づいた。輝元とて戦国の男、家康を斃した後、天下を望まぬ保証はどこにもない。だが、同じくらいの力を持った他の三人の大老がいる。彼らと牽制《けんせい》しあうことで、そう簡単に天下は取れない。それでも無理に取りにいけば、再び世は乱れる。いったん治まった世の中だ。乱世に逆戻りさせることは、衆人《しゅうじん》の望むところではない。

そして、そうこうしている間に、秀頼も大きくなる。秀頼君さえ無事成人なされれば、豊臣公儀《こうぎ》は安泰《あんたい》だ。

三成は期待をもって考える。

だが秀頼はまだ幼く、天下人《てんかびと》たる器量があるのか、それは全くわからない。しかし、三成は、

殿下の血を受け継がれておられる御子《おこ》だ。天下をお治めになられるご器量をお持ちでないはずがない。

強く信じて微塵《みじん》も疑ってはいない。

だが、親に似ぬ子は古来いくらでもいる。最も近くは、信長の次男、三男。とても信長の器量を受け継いだとはいえなかった。その結果が今の豊臣の天下であるのに、そのことを三成は、全く意に介してはいない。

冷静な三成らしくないと言えば言えるし、ひどく三成らしいとも言えた。

その夜、七将の襲撃の気配を感じた三成は、夜陰《やいん》にまぎれて大坂を逃れ、伏見城内の自分の屋敷、治部少曲輪《じぶしょうぐるわ》に入ったのだった。

（三）

何故《なにゆえ》、毛利は立たぬ。

伏見城内の治部少曲輪で三成は、地団太《じだんだ》を踏む思いでいた。

大坂の屋敷を抜け出て、ここに来てから既に三日が経っていた。

あの日、夜陰にまぎれて大坂の屋敷を出た三成は、毛利輝元へ書状を送り、かねて打ち合わせたとおり、家康を討つ兵を挙げるよう促した。

だが、三日経っても、輝元が兵を挙げる気配はない。

臆《おく》したか、毛利輝元。

三成は、心の中で叫んでいた。


五大老の一人・毛利輝元は、父・隆元《たかもと》の急死により、わずか十一歳で家督《かとく》を継いだ。そのため初めは祖父・元就《もとなり》が後見として実権を握り、元就の死後は、いわゆる「両川《りょうせん》」吉川元春《きっかわもとはる》と小早川隆景《こばやかわたかかげ》という二人の叔父《おじ》の補佐を受けた。

頼りになる優秀な叔父たちに庇護《ひご》されて育った輝元は、よく言えば素直、有態《ありてい》に言えば自分で考えない人間になってしまっていた。

そしてこれまでは、輝元も、また、毛利の家としても、それはそれでよかったのだ。

何事も、二人の叔父に相談し、彼らの言うとおりにしていれば間違いなかった。

十三年前に上の叔父・元春が亡くなってからも、下の叔父・隆景に守られてきた。

だが、その隆景も一昨年亡くなった。輝元は四十五歳にして初めて、自分一人で判断をしなければならぬ立場に立たされた。

三成が、輝元に近づき、
一緒に家康を斃そう。

と誘った時、輝元はどういう反応をしたのだろうか。

三成の私心《ししん》のない「秀頼君の御為」という態度に感激し、
伏見城外で中の三成に手が出せず遠巻きにする七将の背後を突き、加勢するであろう家康もろとも斃す。

という策を、自信たっぷりに話す三成に、ある意味、圧倒されて、深く考えもせずに同意してしまったのではないだろうか。

だが、あとで一人で考えるに、三成が言うほど、こちらに都合よく事が運ぶとは思えず、実行に踏み切れないのだろう。あるいは、従弟《いとこ》の吉川広家《ひろいえ》をはじめとする重臣《じゅうしん》たちに諫《いさ》められたのかもしれない。

とにかく輝元は立たなかった。

三成はあてにならぬものを、あてにしたのだ。

これだけ才長《た》けた男が、なぜだろうかと首を傾《かし》げたくなるほどに、三成は他人の気持ちを慮《おもんぱか》ることが、どうも苦手なようだ。

といって、三成が思いやりに欠ける冷酷な人間かと言うと、それは違う。

三成は優秀なうえに誠実な人間だった。いったん結んだ約定《やくじょう》は絶対に守るし、自分より下の者、自分が守るべき者に対しては、細《こま》やかな心配りができる。だから家《か》臣《しん》も領民も、三成を心底信頼しきっている。武士道が未だ熟していない当時としては、珍しいほど石田の家の結束は固かった。

が、自分と同等、もしくはそれ以上の人間に対してとなると、とたんに厳しくなるのだ。相手の心情、行動も自分を基準に考える。自分の常識の外にある人間を理解することができないらしい。

人の上に立つ者はどうあるべきか。

という理想が高いということなのだが、やはり、ある意味、想像力に欠けると言えた。


輝元は、あのとき自分に同意した。

その事実だけを、一途《いちず》に信じて爪の先ほども疑わない。そのときの輝元の心情とか、あとでどう考えが変わるかもしれないとか、そんなことは考えてもみない。

直接知らない敵の出方は、幾《いく》とおりも考えて万全の策を施《ほどこ》すのに、会って話した相手の出方は、言葉どおりと疑わない。

この度も、

もし、毛利が立たなかったら

ということは、考えてもいなかった。

しかし、現実は――

毛利は立たなかった。

万事休す。

あきらめるしかない。

だが、家康を斃すことはあきらめるにしても、この現状をどうするか。

城の外には家政たち七将がいて、

「三成、出てこい」

と手ぐすねをひいている。

三成は、城内にいる限り、その身は安全だ。だが、城外に出ることはできない。

身動きが取れないのだ。

どうしたものか。

三成は、溜息をついて濡れ縁に出た。七将たちの焚《た》く篝火《かがりび》が見える。目を空に移すと、七日の月が西の山に沈もうとしていた。

(四)

そろそろか。

向島下屋敷《むかいじましもやしき》の寝所《しんじょ》で横になったまま、徳川家康は呟いた。

昨日の朝、今年初めて蛙《かえる》の鳴き声が聞こえた。今朝も少々耳障《みみざわ》りなほどに大きくケロケロと鳴いている。

三成が伏見城に入ってから七日、家康を斃すことをあきらめてから三日が経っていた。

三成と七将が城の内外で睨みあい、双方身動きが取れなくなっている。そろそろ決着をつけねばなるまい。

さてどうつけるか。

三成憎しの七将たちも、生命まで取ろうとは思っていないはずだ。また、三成も、事がここまで拗《こじ》れたからには、何もなかったように、事が起こる前の地位に戻れるとは思ってはいまい。

ここは治部少に、隠居してもらうか。

奉行職を退《しりぞ》かせ、国許の佐和山《さわやま》へ隠居させる。

これで双方を、納得させる。

しかし、惜しい。

家康は独り呟く。

三成のことだ。

家康は、これまでの三成の仕事を、関心を持って見てきた。

平定した地における検地の実施、地方《じかた》、町方《まちかた》の仕置き。戦時の兵糧《ひょうろう》の調達などどれをとっても見事なものだ。

去年の明・朝鮮との講和そして将兵の引き揚げ、家康と三成、二人が力を合わせ、やり遂げた。

家康は吏僚《りりょう》としての三成の能力を高く評価している。

ただ家康に言わせると、あまりにも、秀吉のやることに無批判なのが問題だ。

先の唐入りについてもそうだ。

戦《いくさ》馬鹿の諸将と違い、異国の民が平穏に暮らす地に攻め入ることの非は、三成ならわかっているはずだ。商人根性が抜けきらず、ただただ交易第一の小西行長などとはまた違った意見が聞けるのではないか。

そう思い、水を向けた家康に、

「太閤殿下がお決めになったことでござる」

ただ一言そう言っただけだった。

それはわかっている。わしはそのことについてのそなたの意見が聞きたいのだ。

そう言ってさらに聞いてみたかったが、やめた。どう訊《き》いても、違った答えは出てきそうにもなかったから。

また、朝鮮において無断で戦線縮小を行った首謀者として、黒田長政と蜂須賀家政が領地の一部を没収された件を、去年家康が元に戻してはどうかと言った時に、
三成は、

「太閤殿下がお決めになったことを覆せるのは太閤殿下のみだ」

と言って、頑として応じようとしなかった。

家康が、

「詳しく調べさせた結果、二人に落ち度のなかったことがわかった。間違いだったのだ。間違いは改めねば、正義がたたぬ。太閤殿下がもし生きておられれば、お改めになったと思うぞ」

事を分けて話しても、

「殿下は絶対に間違ったことはなさらない。殿下は最早《もはや》亡くなっておられる。今殿下のお決めになったことを覆せば、殿下が間違ったことをなさったことになってしまう」

と頑《かたく》なだ。

「正義が蔑《ないがし》ろにされる国はやがて滅ぶ。この国と、太閤殿下お一人、どっちが大切だ」

少々強引な理論だとわかりつつ、家康は訊いてみた。そうしたら間髪《かんはつ》を入れず、

「不可分《ふかぶん》！」

という言葉が返ってきた。

この国と秀吉とは不可分、日本の国と秀吉は同じだというのだ。

処置なしだ。

結局、家康は、あきらめた。家政と長政の件は、またの機会を待つことにした。


本当に惜しい。

家康はもう一度呟いて溜息をついた。

家康とて、言い出したのが自分でなかったら、三成もあんなに強硬に反対はしなかったと思う。

家康と家政、長政をはじめとする武断派と呼ばれる連中が近づくことを警戒してのことだとはわかっている。

しかしまた、秀吉への無批判な盲目的傾倒も事実だ。

家康は、秀吉の死を知った時、
これで三成も自由になれる。
と思った。
秀吉という絶対神がなくなって、自分自身で考えられると。

この国のために、あの非凡な能力を役立ててくれる。この家康の吏僚として働いてくれるかもしれない。

そう期待した。

だが違った。

三成は、秀頼が天下人を継ぐ時まで豊臣の天下を守るつもりだ。

これから先もずっと、「太閤殿下のご意思」に縛《しば》られて生きていく。

惜しい。

家康は未練たっぷりにもう一度呟き、起き上がった。

手水《ちょうず》を運ぶ小姓《こしょう》の足音が、蛙の声に交じって家康の耳に聞こえた。

（五）

朝餉《あさげ》を済ませ衣服を整えた家康は、まず伏見城外に在る七将に使いをやり呼び寄せた。

七将たちを待つ家康は、上機嫌な自分を家臣たちに隠そうとはしなかった。

三成の能力を高く評価し、その失脚《しっきゃく》を惜しむ家康だが、またその一方で、三成の失脚を誰よりも願い、歓迎するのも家康なのだ。

秀吉亡き後、事実上天下を支配しているのは、大老筆頭の家康だ。ただそれはあくまでも豊臣政権内でのこと。しかし、いつまでもその地位に甘んじるほど家康もお人好しではない。

あまりにも諸大名への干渉が強い今の政治のあり方に批判的な家康だ。豊臣公儀の傘から飛び出し、何の制約もなく自分の思うとおりの政治がしたい。

当然のこと、名実ともに天下を望む。

豊臣から徳川への政権交代。

その政権交代の後、まず問題になるのが、秀頼の処遇だ。

本能寺の変のとき三歳の幼児だった織田信長の嫡孫《ちゃくそん》・三法師《さんぼうし》も、今や二十歳の若者・織田秀信《ひでのぶ》となり、織田家の家督《かとく》を継ぎ、岐阜城に在る。風貌《ふうぼう》は信長に似て、領主としての器量にも問題はないという。しかし、今更誰も、彼を天下人にとは言わないし、当の秀信もそんなことは夢にも思っていないだろう。

織田から豊臣への政権移行は、至極《しごく》うまく運んだ。

豊臣恩顧《おんこ》の大名たちの多くは、豊臣公儀の存続を願いながらも、現実的には家康が天下を取るのをやむを得ないことと認めている。ただそんな彼らの心配は秀頼の処遇だ。天下を取った後、家康が、秀頼をどう扱うか。

豊臣も織田のように大名として残ってほしい。

この時点で、はっきりと意識をしている者は少なかったと思うが、将来を考えれば、そこに行きつく。

家康とても、豊臣家を無理に滅ぼそうとは思っていない。それにもし、家康が秀頼に害を加えようとしたならば、今、家康に好意的な豊臣恩顧の者たちが一斉に反旗を翻《ひるがえ》すだろう。さしずめ今回の七将あたりが、真っ先に襲ってくるに違いない。それに家康も後世に謀反人《むほんにん》という名を残したくない。できれば織田から豊臣への時のように、うまく事を運びたい。

しかし、当時とは、状況が違う。

信長は、まだ、天下統一を成し遂げてはいなかった。志《こころざし》半ばで明智光秀《あけちみつひで》の謀反に斃れた。秀吉は信長の志を受け継ぎ、天下統一を成し遂げた。今、少なくとも表面上は、豊臣公儀に反旗を翻す者はいない。

この状態での平和的な政権交代は難しい。

そしてその安定は、政権内に家康がいることに負っているという、家康にとってまことに皮肉な状態なのだ。

とはいえ、平和的な政権交代が絶対不可能かと言えば、そんなこともないだろう。これから先、家康が安定した政を続け、粘り強く時間をかけて、多数派工作をしていけば、豊臣公儀から徳川公儀への移行が、諸将や諸士、民百姓《たみひゃくしょう》に至るまで、自然に認識されるのではないか。

しかしそれには、しゃかりきになって豊臣公儀を守ろうとする三成のような人間は邪魔だ。

三成が、

「天下人は秀頼君」

と叫ぶごとに、人々の意識に、薄れかけ、忘れかけた、豊臣公儀が蘇《よみが》る。

なんとかせねばと思っていたところ、今度の騒動が起きた。


騒動を起こした七将は、ただただ三成憎しの一念だけだ。前田利家という歯止めがなくなったのを機に、日頃のうっぷんを晴らしたにすぎない。

しかし、家康から見れば、自分の手を汚さずに、むしろ三成を助ける形で失脚させることができた。

七将たちをけしかけた覚えはないし、したがって、黒幕などと思われるのは、とんでもなく迷惑な話だが、それにしても、なんとも都合よく事を起こしてくれたものだ。

三成のことを惜しい惜しいと言いながらも、知らず知らずに口元の綻《ほころ》ぶ家康だった。

（六）

さて、いよいよこれからが勝負だ。

家康、首を洗って待っておれ。

三成は坂道を駕籠《かご》に揺られながら、家康に向かい、心の中で叫んでいた。

奉行職を解かれ国許・近江《おうみ》佐和山で隠居することになった三成は、伏見からの道中、七将に襲われる可能性もないわけではないと、家康の次男・結城秀康《ゆうきひでやす》に護衛されて、逢坂山《おうさかやま》に差し掛かった。

駕籠に揺られて坂道を行く三成は、失脚したというのに敗北感は全くなかった。それどころか、仕事に忙殺されていた今までよりも、家康打倒の策を練るのに時間がとれると、その境遇を歓迎していた。

三成は、駕籠の中で、もう、家康との決戦の時を考える。

総大将は、毛利か、上杉か。前田、宇喜多は、年齢的にも、石高からいっても無理がある。待てよ、上杉には国許で兵を上げ、挟み撃ちにしてもらう方がよい。すると、やはり毛利を総大将とするしかないか。

毛利には今度のことで裏切られた。しかし、そんなことはお構いなしだ。決戦の日までに、説得すればいいと考える。説得が失敗するなどということは、まるで考えていない。

失脚しての国許への道中。

石田三成、見事な自信だ。


あの馬鹿者どもが。

自分の中で家康との決戦の総大将が決まった三成は、意識を七将に移した。

うまく家康にまるめこまれやがって。

三成は、従五位下《じゅごいのげ》治部少輔《じぶのしょうゆう》と殿上人《てんじょうびと》となった今でも、昔の仲間のことを思う時、つい当時の口調に戻ってしまう。

仲間？

あの連中が仲間なのだろうか？

ふと、三成は考える。

とんでもない。仲間なんかであるはずがない。宿敵だ。

たぶん、福島正則、加藤清正、蜂須賀家政、その他誰もが、吐き捨てるように言うだろう。

それは三成も同じだった。

あんな馬鹿どもとだけは、絶対に一緒にされたくはない。

太閤殿下のご恩も忘れて、家康ごときにしっぽをふって。

と、怒りと蔑み以外の何の感情もない。


しかし、ふいに何の脈絡《みゃくらく》もなく、少年の頃が蘇ることがある。

あの連中とはそりが合わず、喧嘩《けんか》ばっかりしていたし、その喧嘩もやがてなくなり、いつの間にか、ほとんど口もきかなくなった。

けれどもごくたまに、お互いの虫の居所がすこぶる良い時など、一緒に菓子を食べながら、話をすることがあったのだ。

その時の話題と言えば、決まって、秀吉の偉大さと、そんな偉大な主人に仕えられる幸せ。そして、なんとしてもそのご恩に報いねばならぬというものだった。

最後には、どちらが殿の御為を思っているかで言い争いになり、喧嘩別れに終わってしまう。そしてまた、何日も口をきかない。

そんな、日々を送っていた。

それは、大人になっても変わらない。

ただ、子供の頃よりも、顔を合わせる回数が減り、言葉を交わすことは稀《まれ》で、話し合うことは皆無《かいむ》になった。

ただ、三成は、彼らとの距離が、どれほど大きく開こうとも、彼らについて、いちいち腹の立つ連中だが、太閤殿下と豊臣の御家《おいえ》を大切に思う気持ちは、自分のそれと比べても遜色《そんしょく》はないはずだ。

それだけは信じている。

理屈ではない。秀吉のもとで成人したもの同士、それだけは、はっきりわかる。

だからこそ、
秀頼君の御為を思うなら、なんで家康なんかにつく。

歯痒《はがゆ》く、腹立たしく、悔しい。

あの馬鹿どもめが。

結局いつも、そう吐き捨てて終わるのだ。

やはり戦い、斃さねばならぬか。

駕籠が三成の屋敷の前にとまった。

駕籠を降り、腰を伸ばした三成は、目の前にある佐和山を見上げた。三成に過ぎたるものの一つと謳《うた》われる佐和山城が、威風堂々《いふうどうどう》そこにあった。城を見つめ、三成は、
虎之助《とらのすけ》、市松《いちまつ》、彦右衛門《ひこえもん》、決着をつける時ぞ。そなたたちも、首を洗って待っておれ。

加藤清正、福島正則、蜂須賀家政に、胸の内で呼びかけた。

ふと近くを見ると、初夏の空に、四匹のトンボが競うように飛んでいた。

（七）

これより一年半の後、関ヶ原の戦いで徳川家康率いる東軍が勝利。天下は徳川へ大きく傾く。そしてさらに十五年、大坂の陣で豊臣家が滅び、世は完全に、徳川の天下になった。

三成は、

太閤殿下の御恩に報いるため、
豊臣家の御為、
秀頼君の御為、
という信念をつらぬいて、敗将として死んだ。

では、秀吉子飼いの臣《しん》から大名になり、そして関ヶ原では東軍に属し、三成と敵対した者たちはどうなったのか。

福島正則は、関ヶ原で、一番手柄。戦後、安芸広島と備後鞆《とも》、合わせて四十九万八千二百石を得る。その後、加藤清正とともに、家康と秀頼の対面の実現に尽力した。が、大坂の陣では、嫡男《ちゃくなん》・忠勝《ただかつ》が幕府方に参加したが、自らは出陣せず、大坂蔵屋敷にあった米八万石を大坂方に接収されるのを黙認した。

加藤清正は、関ヶ原時、国許・熊本に在り、黒田官兵衛《くろだかんべえ》とともに、九州の西軍勢力を次々に破る活躍で、戦後肥後《ひご》一国五十二万石を得る。福島正則とともに、家康と秀頼の対面の実現に尽力し、病の身でそれを見届けて帰国の途中、力尽きたように没する。

蜂須賀家政は、騒動後領地は元に戻される。

関ヶ原に際して、全領地を豊臣家に返上、自らは出家して高野山《こうやさん》に入るが、蜂須賀家としては、嫡男・至鎮《よししげ》が兵を率いて東軍に参加、戦後、家政が返上した領地を、至鎮が得た。


三人とも、秀吉の恩を思い、豊臣に義理を感じ、秀頼のためを思いながらも、家康に与《くみ》した。

彼らには、家族があり、家臣があり、その家臣たちにも家族があった。そして安寧《あんねい》を願う多くの領民がいる。

それが彼らの足枷《あしかせ》になり、手枷になった。


きっと彼らは、一瞬にしてそれらをかなぐり捨てられた三成が、羨ましかっただろう。

「すまぬ」

の一言で、それが許される、家族との、家臣との、その家臣の家族との、さらに領民との、信頼関係が、この上なく羨ましかったに違いない。

結局彼らは、戦場で刃を交えた三成に自分の思いを託《たく》した。

そしてまた、三成は三成で、自分の亡き後の秀頼と豊臣家を彼らに託したのだ。

託し託された豊臣の家は滅んだ。そして福島家が関ヶ原から二十年、次いで加藤家が関ヶ原から三十年で改易《かいえき》。しかし、阿波蜂須賀家は明治維新まで続き、維新後侯爵《こうしゃく》となる。

だが、二百六十余年徳川の大名として生きてもなお、蜂須賀と聞けば、世の人々は、豊臣の名を想う。

湖国《ここく》に、また夏が来る。

あの日三成が眺めた佐和山が、緑に覆《おお》われ、初夏の日差しに映《は》えていた。

第九章

友よ

――佐和山から関ヶ原へ

（一）

街道に真夏の日差しが容赦なく照りつける。

輿《こし》での移動で、直接さらされることはないが、この時期の旅は、病《やまい》を得た身には、やはりつらい。主《あるじ》の身体《からだ》を気遣う家臣《かしん》たちの計らいで、通常よりも時間をかけて、越前敦賀《えちぜんつるが》六万石《ごく》・大谷吉継《おおたによしつぐ》の軍勢は進んだ。

慶長《けいちょう》五年六月、会津《あいづ》百二十万石・上杉景勝《うえすぎかげかつ》は公然と軍備を増強。隣国の大名から謀反《むほん》の疑いありと訴えが出た。

伏見《ふしみ》で政務を執《と》る徳川家康《とくがわいえやす》は、再三再四、上坂弁明《じょうはん》を求めたが、その度に景勝は、言《げん》を左右にして応じなかった。業《ごう》を煮やした家康は、豊臣公儀《とよとみこうぎ》の名において、上杉討伐《とうばつ》の軍を起こしたのだった。

六月末、吉継は、討伐軍に合流すべく、居城・敦賀城を発《た》った。

一昨年、慶長三年八月十八日、太閤《たいこう》・豊臣秀吉が亡くなった。それ以来、大老筆《たいろうひっ》頭《とう》として伏見で天下の仕置きをする徳川家康と、大坂城の秀頼《ひでより》の下《もと》に在る他の大老、および奉行衆《ぶぎょうしゅう》との間の確執《かくしつ》は絶えず、手切れ、謀反、暗殺の噂が頻繁《ひんぱん》に流れていた。

そんな中、吉継は、時勢に鑑《かんが》み、冷静に判断し、家康に接近していた。

去年の正月、家康と伊達《だて》・福島《ふくしま》・蜂須賀《はちすか》の三家との間に婚姻《こんいん》の密約が交わされていたことが発覚し、大坂方《がた》がそれを法度《はっと》違反だと問題視。家康のもとに糾問使《きゅうもんし》を派《は》遣《けん》するという事件が起きた。

伏見と大坂との一触即発《いっしょくそくはつ》の危機だったが、その時、吉継は、加藤清正《かとうきよまさ》、福島正《まさ》則《のり》らとともに家康のもとに駆け付け、護衛した。

今、世を平穏に治めているのは徳川殿。徳川殿なくして、世の平穏はない。

だから徳川殿を支持する。

吉継の理論は明快だった。

吉継は自らの行動で、親友である奉行筆頭の石田三成《いしだみつなり》に、

徳川殿と敵対するな。

と伝えているつもりだった。

だが、どうやら三成には、吉継の心は伝わらなかったようだ。三成は、それからも家康を、警戒し、敵視した。


家康暗殺の噂が消えぬ中、去年の閏《うるう》三月、前田利家《まえだとしいえ》の死の直後、逆に、加藤清正、福島正則ら豊臣七将《しちしょう》による三成襲撃事件が起きた。

家康の仲介により、大事には至らなかったが、三成は奉行職を解《と》かれ、国許《くにもと》の近江佐和山《おうみさわやま》に蟄居《ちっきょ》した。


あれから一年と三月《みつき》余り。

吉継は、三成とは友として手紙のやりとりはしているが、政《まつりごと》の上では、家康と近しい間柄を保っていた。

この度も、豊臣公儀の名において、謀反の疑いのある上杉景勝を討伐する軍であるから、参軍は多分に義務的色合いが濃い。しかし、そういうことは横に置いても、吉継は、家康に加勢することに、何の抵抗も感じてはいなかった。

ただ、吉継には、気になることがある。

それは、三成挙兵の噂《うわさ》だ。

かねてより家康を、豊臣公儀存続の脅威として敵視している三成が、家康が上方《かみがた》を留守にする隙《すき》を狙い、兵を挙げるという。

とんでもないことだ。

吉継は、噂を否定したかった。

しかし、三成の気性は、幼馴染《おさななじみ》の吉継が、誰よりもよく知っている。

豊臣家安泰《あんたい》のためには、家康を討たねばならぬ。

信じて疑わない三成が、この機会を見逃すはずはない。あるいは、今回の事は、かねてより懇意《こんい》の上杉家重臣《じゅうしん》・直江兼続《なおえかねつぐ》と示し合わせての事かもしれなかった。

いずれにしろ、三成の決心は固い。

そして、
自分は正しい。

揺るぎない自信を持っている三成は、吉継が家康と近しい関係を保っていると知りながらも、きっと説得できると信じ、この道中、繋《つな》ぎを取ってくるに違いない。

その時に、

止めなければ、何としてでも、やめさせなければ。

輿に揺られながら、吉継は心に固く思う。

しかしまた、それが容易ではないことも、三成のことを知りつくしたこの男には、十分すぎるほどわかっていた。


大谷軍は、ゆるゆると行軍し、七月二日、中山道垂井宿《なかせんどうたるいしゅく》に入った。

（二）

夕立が、ザッと降ってパッとやんだ。

気温が下がり、埃《ほこり》も収まって、夕立前よりかなり過ごしやすくなった。

ここは、近江佐和山十九万石の城主・石田三成の屋敷の居間《いま》だ。

文《ふみ》を書き終えた三成が、部屋の外に向かい、

「誰か、ある」

と、声をかけた。

「は」

部屋の外に控えていた近習《きんじゅ》が応じて立とうとするのを、通りかかった三成の兄・正澄《まさずみ》が、

「わしが行こう」

と抑え、部屋に入って行った。

「お呼びでござるかな、治部《じぶ》殿」

「これは兄上」

三成は、思わぬ兄の登場に少し慌てた。

「どちらへお届けすればよろしいのですかな」

文机《ふづくえ》の上にある書きあがった手紙に目をやり、正澄が問う。

佐和山城の主は三成。兄ではあるが正澄は、立場をわきまえた言葉づかいだ。

「刑部《ぎょうぶ》殿に。今日あたり、垂井の宿に入られると思うので」

「では、私が持参いたしましょう」

「とんでもない。兄上をお使い立てするなど」

「いや。刑部殿の病、かなり進んでおると聞いております。最早《もはや》、お目も見えぬらしい。手紙は私が、読んでお聞かせ申しましょう」

「もうそのように病が……文のやりとりはしているのですが、全くそのようなことは書いて来られぬ故《ゆえ》……」

三成は兄の言葉に衝撃を受けた。

吉継の病、それは癩《らい》、今で言う、ハンセン氏病だ。当時、原因もわからず、これといった治療法もなかった。

吉継は十年近く前から、この病に冒《おか》されていた。

「ならば、こちらへお迎えするのは無理か」

独り言のように呟《つぶや》く三成に、正澄は、

「私が、お連れいたしましょう」

こともなげに言ってのけた。

「なんとしても刑部殿にお会いなされたいのでございましょう」

「兄上……」

「まかせておけ」

一瞬、兄の口調に戻った正澄は、

「では、行ってまいります」

手紙を持ち一礼すると、部屋を出た。

あれは、真田《さなだ》からの書状であったが……。

正澄は、三成の文机から吉継宛の手紙を取った時、隣にあったそれを見た。

ちょうど差出人が見えたのだが、

「真安」

とあった。

真田安房守《あわのかみ》、そう、信州上田《しんしゅううえだ》城主・真田昌幸《まさゆき》だ。

石田の家と真田の家は姻戚《いんせき》関係にある。

昌幸の妻は三成の妻の実姉《じっし》。三成と昌幸は相婿《あいむこ》なのだ。

三成は、真田にも、家康追討を報《しら》せ、味方してくれるよう要請したらしい。


安房殿はお味方くださるだろうか。

正澄は、考えた。

昌幸は昔対立していたこともあり、家康のことをあまり良く思っていない。だから味方に引き入れるのは不可能ではない。しかし、その一方で、昌幸の長男・信幸《のぶゆき》の妻は家康の重臣・本多忠勝《ほんだただかつ》の娘なのだ。

真田がどちらに付くかは微妙だ。

昌幸の気性から、すんなり家康に付くのは業腹《ごうはら》だろう。それに局地的な戦《いくさ》なら勝てる自信はあると思う。しかしまた、大局的に考えるなら、やはり次に天下を治めるのは、徳川家康おいてほかはない。昌幸ならそう判断するはずだ。

そんな昌幸は、さて、どうするか。

正澄が思うに、それほど大きくない身代《しんだい》で戦国の世を巧みに生き抜いてきた昌幸だ。当然、真田の家の存続を第一に考える。が、自分の意地も通す。

上田城に在る昌幸と岩田城に在る信幸、
おそらく、一家を割るのではないか。

そこまで思ったとき正澄は、昌幸の長男・信幸の顔を思い浮かべた。


信幸には、信繁《のぶしげ》という一つ違いの弟がいる。兄弟仲は、すこぶる良い。双方ともに自慢の兄、そして自慢の弟らしい。

まだ十代の頃の信幸が、義理の叔父《おじ》にあたる三成に、謙遜《けんそん》しながらも、弟の戦の才を嬉しそうに誇らしく話していたことがあった。それを正澄は横で微笑《ほほえ》ましく聞いていた。そのことを昨日のことのように思い出す。

正澄には、信幸の気持ちがよくわかった。なぜなら、正澄にも、信幸に負けず劣らず自慢できる弟がいるからだ。

信幸自慢の弟・信繁は、父・昌幸とともに、上田に在る。

真田が一家を割るときは、おそらく、兄弟が敵味方に分かれる。

信幸殿……信繁殿も……どんなお気持ちであろうか。

正澄は我が身に引き比べて、真田の兄弟を思った。

自分は、三成と敵味方に分かれることなど、考えられない。

だが、そう思ってからすぐに、正澄は思い直した。

それはそうだ、兄と言うても、信幸殿と自分とでは立場が違う。

今の石田の家は、三成一人の力で作ったものだ。三成が好きなようにすればよい。

自分は、それに従うのみ。

正澄は、馬上、静かに微笑んだ。

その微笑みの中にあるごくわずかの寂しさに、気づいたものは誰もなかった。正澄本人さえ気づいていたかどうか……。

ようやく日が傾いた。

垂井への道中、馬を走らす正澄は、今、関ヶ原を過ぎた。

（三）

慶長五年七月三日の昼前に、吉継は佐和山に着いた。昨日の夕方、訪れた正澄から三成の文を読み聞かされた吉継は、早朝、正澄に伴われわずかな供回《ともまわ》りで垂井の宿を発ったのだ。

輿を降り、正澄に抱えられるようにして歩いてくる吉継を、三成は門の前まで出迎えた。

病によって崩れた顔を白い頭巾《ずきん》ですっぽりと覆《おお》って、目のところは、少し開けられている。しかし、それはもう役には立っていないようだ。吉継の様子を見れば、その目がほとんど見えていないことがわかる。

そんな吉継の姿に、三成は衝撃を受けた。

それでも、心を奮い立たせて、

「ようおいでくだされた」

満面の笑顔で言い、

「ここからは、私が」

正澄から引き取ると、

「さあ、これへ」

三成自らが、吉継を抱えるようにして屋敷の中に入って行った。


座敷で向かい合った三成と吉継は、しばし無言だった。

三成は、吉継の変わり果てた姿を前にした衝撃から、まだ言葉を発する状態ではなかったし、吉継は三成の出方を見ていた。やがて、それと察した吉継が口を開いた。

「二年になるか」

「殿下《でんか》のご葬儀以来か」

「そうだ、が、あの時は佐吉《さきち》は忙しく、ろくに話もできなんだ。そうすると、二人でこのように会うのは、文禄《ぶんろく》の唐入《からい》りの後が最後ということになるか」

「するともう七年にもなるのか」

「文のやりとりはしていた故、それほど長く会っていないとは思わなんだ」

「病のため、お役御免を願い出て許されたとは聞いていたが」

「これほどまで病状が進んでいようとは思わなんだか」

「ああ……い、いや」

「すまぬ」

「よいわ。そんな気を遣わずとも、佐吉《さきち》らしゅうもない」

「よいと言うておるに。それより、わしに話があるのではないか」

吉継が促した。促しておきながら、

「家康を」

討つ。

という言葉が、三成の口から出る前に、

「やめよ」

と、一喝した。

「え」

まだ何も言うてはおらぬではないか。

そう言いたげな三成をよそに、

「今、天下を治めているのは、徳川殿ではないか、徳川殿なくして、世の平穏はない」

明快に言い切った。

「何を言うか。それは豊臣家のご威光があればこそではないか。家康でも、毛利《もうり》殿でも、前田殿でも、上杉殿でも、宇喜多《うきた》殿でも、何ら変わらん」

三成も負けじと言い返す。

「お前、本気で言うておるのか」

吉継は、
こいつ、大丈夫か。

本当に心配になったというように、三成の顔を覗《のぞ》き込んだ。

今、家康が豊臣公儀内にいなければどうなるか。それは誰がどう考えようとも、明らかなことだ。

薩摩《さつま》の島津《しまづ》、奥州《おうしゅう》の伊達、豊前《ぶぜん》の黒田、四国の長宗我部《ちょうそかべ》など、隙あらば天下を狙おうという輩《やから》が数多《あまた》いる。また、三成は無条件に信じているようだが、大老の中の、上杉、毛利とて、何ら彼らと変わるところはないと、吉継には思える。その彼らを抑えているのは、家康の力だ。もし今、家康がいなかったら、世は乱世に逆戻りだ。

そこの道理がわからぬ佐吉ではあるまいに。

吉継は、首を傾《かし》げる思いだった。

吉継の心を察したのであろうか、

「それは、豊臣家の大老として政を行《おこの》うてくれておる分には、頼もしい」

三成が、渋々認めたように言う。

「で、あろうが」

「じゃが、きっと家康は自ら天下を取ろうとする」

「なぜ、そのようなことが言える」

「おぬしも今、頭の中で考えているではないか。上杉殿、毛利殿にも野心はあると。その野心、なぜ家康にのみ、ないと言える」

「うーん」

吉継は、唸《うな》った。

さすが三成。吉継が考えていることをよくわかっている。そして、三成の言うとおりなのだ。吉継の挙げた武将たちと同じく家康も、天下を望んでいる。家康の実力を思う時、現実性がある分、その望みは誰よりも強いかもしれない。だが、それでもいい。

吉継は思っている。

徳川殿が天下を取ってもいいではないか、むしろその方が世の中は安定する。

吉継は、家康と政について話し合ったことがある。いや、話し合うというよりも、家康の政についての考えを聞いたといった方がいいかもしれない。

豊臣公儀内にいる家康の考えが、今の政の目指しているところと、あまり変わらないのは、当たり前だ。しかし、家康が今の公儀の政の全てを善《よ》しとしているかというと、断じてそうではない。

家康が今の公儀の政のなかで、一番に直さなければならないと考えているもの。それは、あまりにも、大名家への監視があからさまだということだ。

その代表的なものが「太閤蔵入地《くらいりち》」、各大名の領地の中にある一万石程度の公儀直轄地《ちょっかつち》だ。

その存在は、戦時の兵糧《ひょうろう》の調達には便利だし、そこに代官をおいて大名を監視できる。公儀の側からすれば、すこぶる都合がよい方法だ。謀反も事前に防げるし、領民への圧政も取り締まることができる。

しかし公儀がいつも正義だとは限らない。

いきすぎた監視、内政干渉は、不満をため込んで、そしてそれは、やがて爆発する。

家康の目指す世の中は、基本的に大名領地の政は領主である大名家に任せる。公儀はゆるく大きく統治する。そんな世の中だ。

その話を聞いた時、吉継は、目からうろこが落ちる思いだった。

徳川殿が作る天下、見てみたい気がする。

と思わぬでもない。

そんなわけで吉継は、
豊臣から徳川へ、天下の覇権《はけん》が移っても、それはそれで、致し方ないことだ。
と思っている。
しかし、そんな自分の気持ちを、三成に理解させるのは、
難しい。
と吉継は思う。
そして、

佐吉をこのようにしてしまった責任の半分以上は自分にあるのかもしれない。

自戒を込めて十八年前に思いを馳せるのだった。

十八年前、天正《てんしょう》十年六月、本能寺の変が起きた。秀吉は事前にその情報を知りながら、主・信長《のぶなが》に知らせず、見殺しにした。

それを知った三成は、衝撃を受け、まっすぐな若者の正義感から、秀吉を嫌悪《けんお》しかけた。

それを止めたのが吉継だ。

吉継は三成に、

「御屋形様《おやかたさま》（信長）よりも、わが殿（秀吉）の方がより良い世をおつくりくださる」

そう言って、説得した。

その時、三成は、頭では納得したようだった。しかし、大方《おおかた》の感情の部分では、受け入れられずに苦しんだようだ。しかし、秀吉は主だ。否定することはできない。

「より良い世をおつくりくださる」

言葉を発した吉継よりも、三成の方が、この言葉にすがった。

やがて秀吉が天下を取ると、三成は、より良い世をつくるべく、秀吉の手足となって奔走《ほんそう》する。

そして今、戦のない平穏な世がつくられた。

佐吉はまだ、あの事をひきずっているのかもしれない。いや、ひきずっているのだろう。

吉継は、ほとんど見えぬ目で、三成を見つめた。

始まりのわだかまりが大きく、未《いま》だ消すことができない故に、これで、良かったんだ。あれは正しかったんだ。

思い込みたい。信じたい。

そんな三成にとって、天下の主は、豊臣家以外考えられない。

というのもわかる。

三成にとって太閤・豊臣秀吉と豊臣の家は、何物にも勝る絶対的なものなのだ。

三成には、家康が、
豊臣の世を脅かす大悪人。

そんなふうに見えるのかもしれない。

三成の気持ちはわかる。

だが、兵を挙げるのは、間違っている。

再び世が乱れれば、もう一度自分に天下取りの機会が訪れるかもしれない。そういう思いで三成に味方するものはいるだろう。そんな、あからさまな野望でなくても、人それぞれの思惑《おもわく》で、家康に敵対する者もないとは言えぬ。

しかし、それで、どうなる。

無益だ。やめろ。

吉継は繰り返した。

（四）

なぜ、これほど言うてもわからんのだ。

三成は、自分の前に座る吉継につかみかかりたい衝動を辛《かろ》うじてこらえた。

家康をこのままにしておいたら、きっと秀頼君《ぎみ》に害をなす。

何故《なにゆえ》それがわからぬ。

虎之助《とらのすけ》（加藤清正）や市松《いちまつ》（福島正則）と同じく、紀之介《きのすけ》、そなたまでも、家康にうまくまるめ込まれたか。

家康は天下を自分の手中に収めることしか考えておらん。

何故それがわからぬ。

太閤殿下のご恩を忘れたか。


こんなはずではなかった。

吉継は、家康と近しい関係にあるものの、自分が話をしたら必ずわかってくれると信じていた。それなのに……。

吉継は、あくまでも挙兵に反対した。それどころか、世の中の平穏のためには家康が必要だとまで言う。さらに、さすがに三成の前では口には出さないが、どうやら家康が天下を取ってもよいとまで思っているようなふしさえある。

どうなってしまったんだ、紀之介。

三成には吉継の考えが、どうしても理解できなかった。

「これほど言うてもわからんか」

三成は絶叫した。

（五）

「これほど言うてもわからんか」

三成とほぼ同時に、吉継も絶叫していた。


そして、吉継は黙った。

三成も、もう言葉を発しない。

さっきまで、あんなに激しく言い合っていたのに……。部屋の中の全ての音が、ぴたりとやんだようだ。

突然訪れた静寂に、庭で、油蟬《あぶらぜみ》が鳴き始めた。


だめか……。

吉継は、疲れ果てていた。

無理もない。病の身で、早朝、垂井の宿を発ち、七里余りの道を輿に揺られ、昼前に、ここ佐和山に着いた。それからずっと、三成と言を戦わした。いや、これがはたして、言を戦わしたといえるのだろうか。全く二人の言うことは違う。一度も噛《か》み合わず、平行線のままだった。
どうしたらよい。
吉継は深い溜息《ためいき》をついた。

「失礼いたします」
襖《ふすま》が開いて、食事が運ばれてきた。
ごく簡単なもので、吉継の身体を思ってか酒はない。
もう八つをまわっている。
おそらく、近習たちが中の様子を窺《うかが》い、出す期を計っていたものと思われる。
二人は無言のまま食事を終えた。
膳《ぜん》が片付けられ、部屋にはまた、無言の二人が残された。

どうするか。
吉継は考え続けた。
言葉は尽くした。もう、自分のどこを探しても新しい言葉は出てこない。それどころか、何度同じ言葉を繰り返したことか。

三成を翻意《ほんい》させることは無理だった。

あきらめるか。

あきらめて、垂井へ戻り、軍を進めて家康軍と合流し上杉討伐に会津へ向かうか。そしてその途中、三成挙兵の報せを受け、引き返し、三成と戦うのか。

そこまで考えて、吉継は、大きく頭《かぶり》を振った。

できぬ、佐吉と戦場《いくさば》で槍《やり》を交えるなど、できようはずがない。

では、どうする。

堂々巡りだ。

病を理由に、軍を引き、国許で息をひそめて見守るか。

そんなことも考えた。が、
それにも吉継は、首を横に振った。

いや、それもできぬ。

ここで吉継が断っても、三成は何の迷いもなく突き進むに違いない。

誰を相手にしても、太閤殿下のご恩を説き、家康の非を鳴らす。いわば正攻法のみで、味方せよと迫るのだろう。
勝利の暁《あかつき》には、どこどこに何万石差し上げよう。
などという約束は、
秀頼君を差し置いて、できるものではない。
そう思っている。
そのようなことでは、集まるものも集まらぬ。それでも三成は突き進む。
結果どうなるか。
それは、明らかだ。
それがわかっていて、どうして放っておけようか。

吉継は目を閉じた。

まぶたの裏に、観音寺《かんのんじ》で出会った頃の頼りなげな佐吉が浮かんだ。その佐吉が、
困り果てた様子で、

「紀之介殿。どうしましょう」

と言っている。

えーい、ままよ。

吉継が全てをかなぐり捨てた瞬間だった。

自分は徳川殿の政を善しとするが、それが正しいかどうかはわからぬ。もし、天がそれを望まれるならば、我らがどのように戦いを挑もうとも、徳川殿の敵ではなかろう。だが反対に、もし我らが勝つようなことがあれば、天が徳川殿の世を望まれぬということだ。

吉継は、そう思い切った。

家臣らには、訳を話し、それでもついて来てくれるかどうか、あらためて訊《き》いてみよう。妻や子らには、ただ、謝るのみ。

こちらも、そのように思い切った。

そして、向かいに座る三成を見えぬ目で見据《みす》え、

「もう一度訊く、考えは変わらぬか」

ゆっくりと問うた。

三成は、吉継が説得をあきらめ、別れを告げると思ったのであろうか、これま

た、ゆっくりと噛みしめるように、

「変わらぬ」

と応えた。

「そうか」

吉継は、しばし視線を天井に向けてから、三成に戻し、

「治部殿、大谷刑部、微力ながらお味方つかまつる」

そう言って、頭巾の中で破顔《はがん》した。

（六）

え。

三成は驚いた。

さっきまで、あんなに激しく反対していた吉継からの協力の申し出だ。驚くのも無理はない。

聞き違いか。

と思うほどだ。

だが、確かに、味方すると言った。

なぜだ。なぜ急に翻意した。ここに来て説得が受け入れられたとも思えぬし……。

「なぜ、急に……」

三成は、ぼそっと呟くように訊いてみた。

「お前と戦場で槍を交えるなど、わしにはできん。しかし、お前は挙兵をやめぬ。どうするか、お前とともに兵を挙げるしかないではないか」

「なれど、おぬしは、家康の天下になってもいいと思っている。それなのに、わしといっしょに家康を討つというのか」

「ああ、そうだ」

「なぜ、そこまで」

「友だからだ」

「友だから……それだけか」

「他に何が要る」

「そうか」

三成には、吉継の気持ちが、いまひとつピンと来ない。でも、嬉しいのはもちろんで、感動もしている。だが、わからないことは、ついつい問いただしたくなる。それも詰問《きつもん》口調で。

この性癖《せいへき》で、過去にどれだけ多くの敵を作ったことか。

三成のこの性癖をよく知る吉継は、味方をすると言っているのに問いただされて不快な思いをしなくてよいように、三成が納得できそうな理由を素早く考えたようだ。

「それに、お前には、大きな借りがあるしな」

「借り……?」

「そうだ、あれは、いつだったか、もうずいぶん前のことだが、大坂城で開かれた茶会のこと、覚えておるか」

吉継は、話し始めた。

「あの頃、わしはもう、今の病を患《わずら》っていた。あの茶会では、一つの茶碗を四、五人ずつ回し飲んだのだが、間《ま》の悪いことに、ちょうど、わしの座ったところで、新しい茶碗になってしまったのだ。太閤殿下もおられる席だ。わしは、普通に茶を頂いて、次に回した。すると、その男は茶碗に口を付ける真似《まね》だけして次に回した。そしてそれは、その男だけのことではなかった。その次の男もまたその次も。茶を飲まぬどころか、茶碗に口も付けぬ。付ける真似だけじゃ。わしはその場にいたたまれない思いだった。そうしたら、五人目くらいに、佐吉、お前がいた。お前は隣の男から茶碗を受け取ると、『ちと、多いな』と言い『ちょうど良い。喉《のど》が渇《かわ》いておったところだ』と一気に飲み干した。あの時、どれほど、救われた思いがしたか。大げさな話ではなく、この男にならば、我が命、くれてやってもよい。そう思うた」

吉継は、当時の気持ちを思い出したのか、声を詰まらせている。

三成は、

なんだ、そんなことか。

というように、溜息をついた。

「借りと言うで、何かと思えば、つまらんことを大げさに……。あとで酷《ひど》い噂がたった故、そういうことがあったということは、覚えておる。が、茶を飲み干したことには他意はなかった。本当に喉が渇いておるところに普通より多い量の茶が回って来た。わしが最後だった故、これ幸いと全部頂いたまでだ。だいいち、あの時は朝鮮のことで手いっぱい。すまんが、その場では、四、五席前に紀之介がいたことすら気づいておらなんだわ」

長い年月、感謝し続け「借り」とまで思い続けた紀之介はきっとがっかりするだろうが嘘は言えん。どうする紀之介。

三成は吉継をじっと見つめた。

「知っておったわ」

「え」

「佐吉が、わしに気づいていなかったことくらいわかっておった。何年お前と付きおうておると思うておるのだ」

「え、ならば何故」

「佐吉がわしに気づいておらなんだことが、嬉しいのだ」

「気づかなんだことが嬉しいと、またおかしなことを」

「あの時、あの場にいた皆の視線が、わしに集まっておった。わしから病を伝染《うつ》されないように、わしがどこにいるか何をしたか、一挙手一投足《いっきょしゅいっとうそく》を見逃さないように必死でわしの姿を追っていた。あの茶会の時だけではない。皆わしの病を気遣い、優しい言葉をかけてはくれていたが、その実、恐れてもいた。ふとわしの着物に触《ふ》れた手をあとで必死の形相《ぎょうそう》で洗っている者を何度か見かけたことがある。なのに、お前は、ほんの四、五席しか離れていないわしに、全く気づいていない。嬉しかった」

吉継が感情を込めて言っているのに、

「ようわからんが」

三成は不思議そうに首を傾げた。

「だろうな、これは身をもって感じた者でなければ、わからぬこと」

少し突き放すような言い方になった。

「借りというは、それだけのことか」

少し間を取った後、三成が問う。

「いや、まだある」

吉継の答えに、三成は、

「まだあるのか」

少々うんざりした様子だ。

「その後、酷い噂がたった」

かまわず吉継は続けた。

「ああ、大谷吉継はできものの膿《うみ》を茶の中に落としてしまった。それを知って皆は飲まなかったが、石田三成は恩を売ろうと、その膿の入った茶を飲み干した。どうせ、茶を飲まなかった奴らがその言い訳として立てた噂だろうが。馬鹿馬鹿しゅうて腹も立たなんだ」

「その時お前は、少しも動じなんだ」

「あたりまえではないか」

「いや、ご奉公《ほうこう》の身、自分の身体であって自分の身体ではない。自分の身体をいとうのはご奉公の第一。そういう意味ではわしは甚《はなは》だしく不忠だし、皆がわしから病を伝染されるのを怖がるのもあながち責められることではないのかもしれないが……。お前はわしの膿の入った茶を飲んでしまったかもしれぬこと、心配ではなかったのか」

「たわけたことを……。おぬしが今言うたように、自分の身体をいとうことがご奉公の第一ならば、朋輩《ほうばい》の身体を気遣うことも、また同じ。病にかかることで不忠をなしたお前が、そのような愚《ぐ》をおかすはずがないではないか。もし、あやまって膿を茶の中に落としてしまったのなら、恥を忍んであの場で言い、茶を捨てさせたはずだ。もう一つ言うなら、おぬしは初めから、茶碗に口を付けなかったのであろうが」

「見ていたのか」

「阿呆《あほう》か、おぬしは。わしはおぬしが居《お》ったことにも気づかなんだと言うたではないか」

「そうであった。では、なぜわかる」

「そんなことくらい見ていなくてもわかるわ。もう何年、おぬしと付きおうておると思っておるのだ」

最後の言葉が、ついさっき、吉継が言った言葉と同じだと気がついた二人は、爆笑した。

ひとしきり、二人で笑ってから、

「とにかくお前に味方すると決めた。よいな」

吉継が宣言するように言うと、

「かたじけない」

三成が吉継の手を取り、頭を下げた。

（七）

その後、吉継は、数日佐和山に留《とど》まって、今後のことを三成と話し合った。

まず、この度の企《くわだ》ての総大将を決めねばならない。

「普通に考えれば、お前だが……」

吉継は言い淀む。

「わかっておるわ。十九万石と身代は小さいし、人望もない故無理だ、と言いたいのであろうが」

「わかっておればよい」

「総大将は、毛利殿と決めておるわ」

「おお、決まっておったか。で、承諾《しょうだく》はもらえたのであろうな」

「いや」

「そうかまだか。文はいつ書いたのだ」

「まだ、書いておらん」

「何！」

おいおい。

吉継は、深い溜息とともに苦笑するしかなかった。

「秀頼君へは」

「まさか、畏《おそ》れ多い」

「奉行衆へは」

「まだだ」

「お前なぁ、このまま兵を挙げたら、お前が謀反人になるぞ」

「馬鹿な、そんなことがあるものか」

納得できんとばかりに、食ってかかる三成を前に、

こいつの頭の中が見てみたい。

吉継は思う。

三成の頭の良さは誰もが認める。豊臣公儀の政のどれ一つをとっても、三成抜きでは考えられない。しかし、他人《ひと》との関係になると、大事なことが抜け落ちるのだ。

自分に私心《ししん》が全くないから、

正しいことをやっている。

そう信じているから、

世の中の人々の大方は自分と同じ考えだ。

そう思っている。

今回も、
家康の非を鳴らし、自分が兵を挙げたならば、豊臣恩顧《おんこ》の者たちが、大挙して集まって来る。

そう信じているようだ。

不惑《ふわく》を過ぎた今も、そこだけは、まるで少年の時のままだ。

吉継は頭巾中で微笑んだ、不快ではない。むしろ、ほっとして快い。


「わかった」

吉継は、三成にとも、自分にともわからぬような返事をし、座り直した。

「佐吉、まず、徳川殿の非を論《あげつら》う文を書け。激しければ激しいほど良い」

「ああ、言われなくても書く。それに紀之介、徳川殿、ではない、家康じゃ」

三成がむきになって言うのに対して、

「ああ、そうであったの、家康じゃ」

吉継は、まるで子供を相手にするようだ。

それに気づかぬ三成は机に向かい、吉継は後ろで、檄文《げきぶん》の出来上がるのを待った。

「出来たぞ」

気は張っているが病に冒された身体だ。疲れから、少しまどろんでいたのであろう。三成の大声に、吉継の首がぴくんと立った。

「おお、出来たか」

「これだ、読んでくれ」

三成が吉継に巻紙を渡す。

「……」

わしが目の見えんことを忘れている。気づけ。気づかぬか。気づかぬなぁ。

吉継は溜息とともに言う。

「おい、わしは読めん」

三成は一瞬、不思議そうな顔をして、吉継を見たが、すぐに、はっ。

と気づき、

「すまぬ、わしとしたことが、心ないことを申した。許せ、許してくれ」

と平謝りだ。

わしとしたことがだと、ここまで気づかぬのはお前ぐらいだ。

吉継はこみ上げる笑いをぐっとこらえて、

「もうよい、気にするな。それより、早《はよ》う読んで聞かせてくれ」

三成を促した。

「おおそうであった」

三成は、巻紙を手に取り、いずまいを正し、

「読むぞ」

と言って、読み始めた。

内府《ないふ》ちがひの条々
と題された十三ヶ条にも及ぶその檄文は、三成らしい正義感あふれる激しい口調で家康の非を鳴らしている。
以下その内容。

一、五人の奉行、五人の大老が誓紙連判《せいしれんぱん》して約束を交わしてから幾程《いくほど》もないの

に、浅野長政《あさのながまさ》と石田三成の二人を追い込めるようなことをした。

一、五人の大老のうち、前田利家が病死した後、子息《しそく》の前田利長《としなが》がすでに誓紙を出して礼節を尽くしているのに、今度は上杉景勝征討にかこつけて、前田から人質を取り、追い込めるようなことをした。

一、景勝に何の科《とが》もないのに、誓紙の約束を違《たが》え、太閤様の御置目《おおきめ》にも背《そむ》き、今度討ち果たされるのは歎《なげ》かわしく思い、種々その理を説いて申し聞かせたのに、ついに許容することなく会津に出兵した。

一、知行方《ちぎょうかた》のことは、自分で召し置くことはもちろん、取次《とりつぎ》をもしてはならぬと誓い合ったはずであるが、その約束を破り、何の忠節もない者どもに対して、勝手に知行を与えている。

一、伏見城のことも、太閤様が定められた留守居《るすい》の者を追い出して、私《わたくし》に人数を入れて占拠《せんきょ》した。

一、拾人《じゅうにん》（五大老と五奉行）のほか、誓紙をやりとりするようなことはしないと誓い合ったのに、数多取り交わしている。

一、政所《まんどころ》様を大坂城西ノ丸から追い出して、自分が居住している。

一、御本丸のように、西ノ丸にも天守をあげた。

一、諸侍《しょじ》の妻子を人により、えこひいきに国許へ帰すようなことをしている。
一、縁組のことについては、御法度《ごはっと》に背いたので、話し合ってその理を申して合点しているはずなのに、重ねてなお多くの縁組を行っている。
一、若い衆を煽動《せんどう》して、徒党を組ませるようなことをしている。
一、五奉行や五大老がそろって連判すべき文書に、家康が一人で署判をしている。
一、内縁の者の奔走によって、石清水八幡宮《いわしみずはちまんぐう》の社領の検地を勝手に免除した。

三成は、一気に読み上げ、ふうっと深呼吸してから、

「どうだ」

と訊いた。

吉継は十分間をとってから、

「上出来だ」

と応えた。

家康の側から見れば、言いがかりだ。

と言える箇所も少なくない。だが、こういうものは、必ずしも真実でなくてもよいのだ。声を大きくして、いわば、

言った者勝ち。

というところが多い。

そして何より、書いた三成に、嘘がないことが強い。

次は、これをどうするかだ。

吉継は考える。

三成は、今すぐにでも、全国の大名にばらまきそうな勢いだが、それではあまり効果がない。

「大坂へ使者をやり、増田《ました》殿か長束《なつか》殿に密かにここへお越し願えぬであろうか」

吉継の言葉に、

「そうか、豊臣公儀として、これを出すか」

さすが三成、わかりは早い。

「そうだ、そうなれば、徳、いや、家康が謀反人となる」

「文を書く」

三成が文机に向かうのへ、

「三奉行の名前でこれが出せたら、毛利殿に送り総大将を依頼する。それから全国にばらまくのだ」

言ってから、吉継は、
とりあえずは、これでよい。

大きく息を吐いた。

三奉行の増田長盛《ながもり》が来るにしても、長束正家《まさいえ》が来るにしても、三成が、内府ちがひの条々を見せて、あの迫力で迫れば落ちる。もともと、徳川殿には良い感情を持っていない者たちだ。必ず味方に引き入れられる。

よし！

吉継は、頭巾の中で気合いを入れた。

（八）

三成が、増田長盛宛の文を書き上げたところで、吉継が言った。

「明日いったん敦賀へ戻ろうと思う」

「そうか、そうじゃな、いろいろと片付けねばならぬこともあろう」

「それほど間を置かずに、出て来るつもりだが、何かあれば、報せてくれ」

「ああ、そうする。今宵《こよい》の夕餉《ゆうげ》は、二人だけの出陣祝い。酒も少しくらいなら大丈夫なのであろう。どうだ、鮒《ふな》ずしで一杯」

「おお、それはありがたい」

「では、さっそく」

三成が近習を呼ぼうとした時、

「その前に、頼みがある」

吉継が、改まった口調で言った。

「何だ、改まって」

「今何時《なんどき》だ」

「もうかれこれ七つになるが」

「では、まだ間に合うな」

「何だ」

「天守へ登らせてほしい」

「天守へ、わしは別に、かまわんが、おぬし大丈夫か」

「手数をかけることになると思うが」

「それはよい。背負ってでも連れて行くが……。天守へ行ってどうする」

「見たいのだ。琵琶湖《びわこ》に沈む夕日が」

「見たいというて、お前……」

「まだ辛うじて、光の色はわかるのだ。長浜にいた時、よく二人で眺めた夕日、全く見えぬようになる前に、見ておきたい」

「わかった」


二人は屋敷を出た。

駆け寄る、三成の近習を、

「よい」

吉継の従者を、

「お任せあれ」

と抑え、三成は吉継を背負って、佐和山城の天守へと登っていく。

三成の息が上がっている。

「大事ないか」

吉継が訊く。

「なんの。お前こそ、大丈夫か」

「わしは楽ちんじゃ」

「こやつめ」

二人して、冗談を言い合いながら、天守を目指す。

山道を登るほどに、季節は進む。暦《こよみ》の上では既に秋。時折吹く涼《すず》やかな風が、疲れ切った二人の身体を癒《いや》した。

（九）

天守へ着いた。

二人、西の廊下に出て、ドスンと腰を下ろした。

目の前に琵琶湖が広がる。

今、まさに、太陽が一日の仕事を終えて、比良《ひら》の山に沈もうとしていた。

太陽が黄金に輝き、湖面が虹色に染まる。

きれいだ。

三成の目から涙が溢《あふ》れた。

なぜ涙が出るのか自分でもわからない。

「見えるか、紀之介」

隣にいる吉継に、大声で訊いた。

「ああ、見える。見えるぞ、佐吉」

吉継も大声で応えた。

吉継も泣いているようだ。

おそらく吉継には、琵琶湖や太陽など個々のものは見えてはいまい。しかし、この美しさは感じているに違いない。


それから二人は、太陽が沈みきってしまうまで、無言でその場に座っていた。

あとがき

まさか私が、戦国時代を舞台に、それも、石田三成を主人公にした小説を書こうとは、思ってもいませんでした。

既刊『新選組　試衛館《しえいかん》の青春』『独白新選組　隊士たちのつぶやき』でお世話になった担当の方に、強く強く勧められ、最初のうちはお断りしていたのですが、人間、魔がさすということがあるもので、ついうかうかとお引き受けしてしまいました。

引き受けたからには、がんばりました。

ところが、三成ファンにピンポイントで売れる作品を目指す担当者の意に沿うようなものを書くことは、三成が少し苦手なタイプだった私には、かなり無理がありました。

最初からぶつかりました。

「家康の器《うつわ》が大きすぎて悔しい」とか、蜂須賀家政《はちすかいえまさ》がメインになりそうになると「徳島県の出版社、紹介しましょうか」とか言われたり、秀吉に対する三成の気持ちをあらわす「絶対神」「信仰」という言葉に、強烈な拒否反応を示されたり、嶋左近《しまさこん》を出す出さないでもめたりと、すったもんだしながらも、かなり頑固《がんこ》に我《が》を通させていただきました。

そんなわけで、手探りで書き始めた私の三成像も、回を追うごとにだんだんと固まり、最終章でようやく、「私の三成像」と言えるものが完成しました。それは、「頭が良く、仕事ができる最高の官僚《かんりょう》。異常なほど正義感が強い。でも想像力・創造力は足りない。その足りない想像力・創造力を補い助けるのが、親友の大谷吉継《おおたによしつぐ》。かわいらしさとは縁のないような三成だが、彼とて温かい家庭で家族に愛されて育った三男坊。十分かわいらしさは持ち合わせているはず。本当に心を許した者だけに垣間《かいま》見せる三成のかわいらしさに魅了された吉継は、要所要所で、三成を助け導くことになる」というものです。あまりかっこよくはありませんね。

どうも私には「偉人伝」は書けないようです。

私の作品の主人公は、尊敬はされません。そのかわり、愛されると思います。

これまでの三成像は、平成二十六年の大河ドラマ「軍師官兵衛」の三成のような敵《かたき》役が多かったように思います。それに反発して、やたら持ち上げて偉人扱いしたものもありました。両極端でした。

この作品では、今までになかったかわいげのある人間三成が描けたかなあ、描けていればいいなあと思っています。

ここで、本文では触れられなかった三成と吉継の最期《さいご》を書いておきます。

関ヶ原で東軍に寝返った小早川《こばやかわ》軍の攻撃を一身で受け止める形になった大谷軍は、奮戦しますが、周りの軍の連鎖的な寝返りにより、次第に、敗色が濃くなっていきます。もはやこれまでと覚悟を決めた吉継は、病《やまい》に崩れた顔を敵にさらさぬよう厳命して自《じ》刃《じん》。甥《おい》である僧・祐玄《ゆうげん》によって隠し運ばれた首は、敦賀《つるが》への逃亡の途中、今の滋賀県米《まい》原《ばら》市内の田んぼの中に埋められたとも伝わっています（大谷吉継の首塚《くびづか》＝米原市下多良《しもたら》）。

慶長《けいちょう》五年九月十五日、大谷刑部少輔《ぎょうぶのしょうゆう》吉継没《ぼつ》。享年《きょうねん》四十二。墓所＝岐阜県関ケ原町藤下《とうげ》。

再起を期して、関ヶ原の戦場を逃れた三成は、伊吹山《いぶきやま》を越えて、近江古橋《おうみふるはし》に潜伏《せんぷく》。しかし九月二十一日、家康の命を受けて三成を捜索していた田中吉政《たなかよしまさ》の追捕《ついぶ》隊に捕縛《ほばく》されます。一方、九月十八日に東軍の攻撃を受けて佐和山《さわやま》城は落城。三成の父・正継《まさつぐ》、兄・正澄《まさずみ》をはじめとする石田一族の多くは命を落としました。九月二十二日、大津城に護送されて城の門前で生き曝《さら》しにされ、その後家康と会見します。九月二十七日、大坂に護送され、九月二十八日には小西行長《こにしゆきなが》、安国寺恵瓊《あんこくじえけい》らと共に罪人として大坂・堺を引き回された後、九月二十九日京都に護送され、六条河原《ろくじょうがわら》で斬首《ざんしゅ》。

慶長五年十月一日、石田治部少輔《じぶのしょうゆう》三成没。享年四十一。墓所＝京都大徳寺三玄院《さんげんいん》。首は三条河原に曝された後、生前親交のあった春屋宗園《しゅんおくそうえん》・沢庵宗彭《たくあんそうほう》に引き取られ、京都大徳寺の三玄院に葬られました。

三成が生まれた地（滋賀県長浜市石田町）や、居城《きょじょう》・佐和山城（同彦根市古沢町・佐和山町）には、三成を慕って訪れる人が今も絶えません。

今回も、いえ、今回はいつも以上に、サンライズ出版の矢島潤氏には、お世話になりました。ぶつかり合い、お互いかなり感情的になった場面も一度や二度ではありませんでした。今思うと、よくぞゴールに立てたと、感慨も一入《ひとしお》です。これもひとえに矢島氏の忍耐の賜物《たまもの》（私の忍耐も、少しは〈笑〉）とお礼申し上げます。また、無名の作者の小説のオビの推薦文《すいせんぶん》を快くお引き受けくださった帝塚山《てづかやま》大学教授の笠谷和比古《かさやかずひこ》先生、解説をお書きくださった佐和山城研究会代表の田附清子《たづけすがこ》さんにも、心よりお礼申し上げます。

平成二十八年一月

琵琶湖を望む自宅にて

松《まつ》　本《もと》　匡《まさ》　代《よ》

解説

田附清子《たづけすがこ》

松本匡代《まつもとまさよ》さんと佐和山《さわやま》に登ったのは、平成二十六年六月のことでした。少し足の悪い匡代さんは、遠慮がちに「手を貸してくださいますか」とおっしゃり、私は何のためらいもなく、むしろ、彼女を何がなんでも佐和山に連れて登らなければならないという使命感を持って、匡代さんの白く、えくぼのできる手を握りしめ、登城道《とじょうみち》を先導しました。あともう少しで山頂というところで、尻もちをついた私たちは、ふたりで笑いながら「ここで休憩しましょう」と、木々の向こうに見える琵琶湖《びわこ》からの風に吹かれ、しばらく、その場に座り込んでしまいました。そして、ようやくお尻を上げ、やっとの思いで山頂(主郭址《しゅかくあと》)にたどり着き、眼下の琵琶湖、靄《もや》のかかった伊吹山《いぶきやま》、「あの伊吹山の向こうが関ヶ原ですよ」と、三成も見たであろう景色をふたりで眺めたのです。

さて、匡代さんの小説「石田三成の青春」は、近江《おうみ》湖北に生まれた少年が、ひとりの戦国人として成長していく様《さま》を追いかけるように九つの章から構成されています。刊行に先立ち、ツイッターで発表されたこれらの章立てを一冊の本にするにあたり、修正加筆されました。

石田三成は、永禄《えいろく》四年（一五六〇）、近江国坂田郡石田村（現在の滋賀県長浜市石田町）で、石田正継《まさつぐ》の三男として誕生しました。この永禄四年という年は、織田信長が桶狭間《おけはざま》の戦いで今川義元《いまかわよしもと》を討った、いわゆる信長戦国デビューの年です。同年、近江湖北では、浅井長政《あざいながまさ》が家督《かとく》を継いだ年でもあり、この後関ヶ原合戦までの四十年間、信長・秀吉・家康の三英傑《さんえいけつ》が天下取りを繰り広げ、動乱の時代へと突入することになります。その動乱の時代を生き抜いた三成は、まさに戦国の申し子だったと思うのですが、匡代さんの小説は、秀吉の家臣になるところから始まり、大谷吉継《おおたによしつぐ》と共に豊家《ほうけ》を守るため、家康を討つことを決断するところで終わっています。だからこそ、この小説には「青春」というタイトルがつけられているのです。

【第一章　美しい誤解】は、三成と秀吉との出会いのきっかけとなった三献茶の逸話がモチーフになっています。江戸期に書かれた「武将感状記《ぶしょうかんじょうき》」に掲載されているこの逸話をそのまま信じることはできないのですが、まさかの展開に初っ端《しょぱな》から驚かされます。しかしながら、後に大谷吉継が三成の計らいで秀吉の家臣となることを思うと、この第一章は、三成と吉継との友情を軸にしたこの小説全体の見事なまでの伏線となっていることに気づかれることでしょう。

九つの章の中で、唯一、匡代さんの創作した人物が登場し、物語を紡ぐのが、【第四章　三成の恋】です。すでに【第三章　軍師の条件】でも登場しているおもよは、三成の初恋の相手であり、三成を男にした女性です。司馬遼太郎《しばりようたろう》の「関ヶ原」では初芽《はつめ》、火坂雅志《ひさかまさし》の「石鹸《シャボン》」では摩梨花《まりか》という女性が登場しますが、彼女たちと同じようにおもしも三成を愛し、その愛ゆえに身を引きます。セツナイくらいに三成が恋をし、初恋は実らないものと、三成もその身をもって知ることになるのです。

【第六章　泰平《たいへい》への誓い】でも、匡代さんはあまり描かれてこなかった三成のプライベートな部分を女性目線の見事な筆致で書かれています。昨今のゲームブームが生んだ三成好きの若い女性たちに受け入れてもらえるだろうか、と思いつつも、戦《いくさ》や政治を離れたところでの三成をよくぞ書いてくださったと、私は快哉《かいさい》を叫びました。

三成を「戦下手」だと言わしめる原因となった忍城《おしじょう》水攻めの失敗を書いた【第七章　浮き城】では、派手なパフォーマンスを好む秀吉の命令がそもそもの水攻めの発端であったという、中井俊一郎《なかいしゅんいちろう》氏〈石田三成研究家／オンライン三成会代表幹事〉が十数年以上も前から唱えている説を参考にされています。

また、前田利家《まえだとしいえ》が亡くなった後の武断派七将《ぶだんはしちしょう》による三成襲撃事件を書いた【第八章　友情のかたち】では、笠谷和比古《かさやかずひこ》氏〈『関ヶ原合戦と大坂の陣』著者／帝塚山《てづかやま》大学教授〉の今やこれが定説となりつつある「三成は伏見《ふしみ》の家康屋敷に逃げ込んだのではなく、伏見の自邸に戻った」という説を採用されています。

このように史実の新解釈も小説に反映されてこそ、定説となっていくのだということを強く感じます。

そして、最終章となる【第九章　友よ】、はからずも号泣《ごうきゅう》してしまいました。「友だから……それだけか」と問う三成に吉継は「他に何が要る」と答えます。先にも書きましたが、この小説の主題は三成と吉継の友情です。もしくは忠恕《ちゅうじょ》。彼らの忠恕を縦糸にして、秀吉、家康、三成の父正継、兄正澄《まさずみ》、虎之助《とらのすけ》に市松《いちまつ》、そしておもよ。三成を取り巻く人たちの思いが横糸となって、一枚の布に織りあげられたような小説です（まるで中島みゆきみたいなことを言ってますが）。第一章での佐吉《さきち》と紀之介《きのすけ》は、最終章で三成と吉継となり、佐和山で大きな決断をします。結果は歴史の伝える通りですが、佐和山から琵琶湖の夕陽《ゆうひ》を眺めるふたりの前途には、果てしなく広がる未来が見えていたはずです。戦のない平和な未来が。

この解説を書かせていただくにあたり、全編をくり返し読み、匡代さんにはかなり失礼な要望をしてしまいました。でも、私、手をつなぎ佐和山に一緒に登った人とは、終生変わらぬ友情を誓います。三成と吉継がそうであったように。


（佐和山城研究会代表／オンライン三成会会員）

装画　もとむらえり
装幀　神崎夢現

初出一覧

第一章　美しい誤解　出会いの三献茶
2015年２月２日～２月７日 twitter 連載

第二章　出仕　長浜城小姓部屋
原題：出仕　長浜城へ
2015年２月９日～２月15日 twitter 連載

第三章　軍師の条件　半兵衛の秘策
原題：軍師の条件　半兵衛と三成
2015年４月14日～４月25日 twitter 連載

第四章　三成の恋　微笑みの名残
原題：三成の恋
2015年６月４日～６月８日 twitter 連載

第五章　清濁　本能寺の変異聞
2015年８月応募「第65回滋賀県文学祭」特選作品
2015年11月12日～11月19日 twitter 連載
2016年２月「いかなご」17号掲載

第六章　泰平への誓い　夫として父として
原題：長浜城を取り戻せ！
2015年10月26日～11月１日 twitter 連載

第七章　浮き城　忍城水攻め
2014年10月「いかなご」15号掲載
2015年12月３日～12月７日 twitter 連載

第八章　友情のかたち　三成襲撃事件
原題：思惑　石田三成襲撃事件
2014年８月応募「第64回滋賀県文学祭」特選作品
2014年12月１日～12月10日 twitter 連載
2015年10月「いかなご」16号掲載
2015年12月９日～12月17日 twitter 再連載

第九章　友よ　佐和山から関ヶ原へ
2016年１月５日～１月10日 twitter 連載

■著者

松本匡代（まつもと・まさよ）

1957年５月30日、三重県伊勢市生まれ。奈良女子大学大学院理学研究科物理学専攻修士課程修了後、日本IBM入社、2002年退社。著書に『夕焼け　土方歳三はゆく』（新人物往来社）、『新選組　試衛館の青春』『独白新選組　隊士たちのつぶやき』（ともにサンライズ出版）がある。現在、滋賀県大津市在住。

石田三成の青春

2016年２月20日　初版第１刷発行
2016年４月10日　初版第２刷発行

著　者　松本匡代
発行者　岩根順子
発行所　サンライズ出版
〒522-0004 滋賀県彦根市鳥居本町655-1
tel 0749-22-0627　fax 0749-23-7720

印刷・製本　P-NET 信州

ISBN978-4-88325-588-7
定価はカバーに表示しています